KB047464

신의 아그네스

이 도서의 국립중앙도서관 출판예정도서목록(CIP)은
서지정보유통지원시스템 홈페이지(http://seoji.nl.go.kr)와 국가자료종합목록
구축시스템(http://kolis-net.nl.go.kr)에서 이용하실 수 있습니다.
CIP제어번호: CIP2020044149

한영판
희곡

신의 아그네스

✝

존 필미어 John Pielmeier 지음
홍서희 옮김

AGNES OF GOD

by John Pielmeier

Copyright ⓒ 1982 by John Pielmeier
Korean translation copyright © 2020 by HanulMPlus Inc.
All rights reserved. This Korean edition was published
by arrangement with The Marton Agency, Inc.

이 책의 한국어판 저작권은 The Marton Agency, Inc.와의 독점 계약으로 한울엠플러스(주)에
있습니다. 저작권법에 의해 보호를 받는 저작물이므로 무단전재 및 복제를 금합니다.

이 작품 〈신의 아그네스〉는 오랫동안 믿음과 신앙을 향한 의구심이란 주제를 두고 고심하던 저자 존 필미어가 우연히 본 '수녀, 아기살해!(Nun Kills Baby!)'라는 신문 헤드라인에서 시작됐다. 뉴욕 브라이튼에 있는 수녀원에서 36세의 수녀가 피를 흘린 채 동료 수녀에게 발견된 사건이었다. 이 수녀는 임신과 출산 사실을 부인했지만 결국 죽은 아기가 방 안에 있던 휴지통에서 발견됐다. 사인은 질식이었다.

필미어는 처음에 리빙스턴 박사를 남성으로 구상했으나 다채롭고 입체적인 여성 캐릭터로만 구성된 희곡에 도전하기로 하고 여성으로 바꿨다고 한다.

차례

희곡

신의 아그네스

✝

〈신의 아그네스〉는 1979년 7월 26일 유진 오닐 극작가 학술회의에서 낭독회 형식으로 처음 공연됐다. 로버트 앨런 애커먼이 연출을 맡았고 출연 배우는 다음과 같다.

- 마사 리빙스턴 박사　　　조 헨더슨
- 미리암 루스 원장 수녀　　재클린 브룩스
- 아그네스　　　　　　　　다이앤 위스트

〈신의 아그네스〉 첫 정식공연은 1980년 3월 7일 존 조리가 상임연출로 있었던 루이스빌의 '엑터즈 시어터'에서 열렸다. 월턴 존슨이 연출을 맡았고 폴 오언이 무대디자인과 조명, 커트 윌헬름이 의상을 맡았다. 출연 배우는 다음과 같다.

- 마사 리빙스턴 박사　　　아델 오브라이언
- 미리암 루스 원장 수녀　　앤 피토니악
- 아그네스　　　　　　　　미아 딜런

〈신의 아그네스〉 브로드웨이 공연은 1982년 3월 30일에 '뮤직박스 시어터'에서 열렸다. 케네스 웨이스먼, 루 크레이머, 파라마운트 연극 제작사가 제작을 했고, 마이클 린지 호그가 연출, 유진 리가 무대디자인, 로저 모간이 조명, 캐리 로빈스가 의상을 맡았다. 출연 배우는 다음과 같다.

- 마사 리빙스턴 박사　　　엘리자베스 에슐리
- 미리암 루스 원장 수녀　　제럴딘 페이지
- 아그네스　　　　　　　　어맨다 플러머

등장인물

- 마사[1] 리빙스턴 박사
- 미리암[2] 루스 원장 수녀
- 아그네스[3]

이 연극은 소품이나 가구 그 밖의 무대장치가 없이 공연하는 것이 최선이라 생각한다. 한 장면에서 다른 장면으로의 전환은 멈춤 없이 진행한다. 등장인물들은 제약 없이 등퇴장을 하며 때로는 그 장면과 상관없는 인물이 무대 위에 머무르기도 한다. 왜냐하면 이 연극은 인간의 마음과 기적에 관한 연극이며 또한 빛과 그림자에 관한 연극이기 때문이다.

괄호는 상대 대사에 의해 잘리거나 맞물리는 대사들의 표시다.

1막 끝까지 박사는 몇몇 독백할 때나 대본에 명시된 때 외에는 담배를 절대 손에서 내려놓지 않는다. 그러나 그 이후에는 담배를 다시 피우지 않는다.

_존 필미어

---

1. "마사(Martha)". Lady(여성을 높여 부르는 호칭 혹은 성모)라는 뜻이 있음. 성서에서는 예수님에 의해 부활한 라자로의 여동생.

2. "미리암(Miriam)". 모세의 누나, 이스라엘 최초의 여선지자/히브리 구약성서에서는 Mary(성모 마리아)를 미리암으로 칭함.

3. "아그네스(Agnes)". 순수한(pure), 성스러운(holy), 순결한(chaste), 어린양(lamb)의 의미가 있음. 4대 순교성녀 중 한 사람이며 처녀들의 수호성녀 아네스(Agnes)는 그리스도 외의 배우자는 없다며 청혼을 거절했다가 기독교인임이 발각돼 매춘 굴로 보내지지만 천사들의 보호를 받는다. 결국 로마황제의 기독교 박해로 참수당한다.

음악

    가능하면 아그네스를 연기하는 배우가 라이브로 노래하는 것이 좋다. 세트나 연출, 해석에 따라 모든 인물들이 공연 내내 무대 위에 남아있어도 상관없다.

    「동정녀 마리아께서 아들을 낳았네」, 「Basiez Moy」, 「찰리는 멋져요」는 여기에 쓰인 대로 노래해야 한다. 아그네스가 부르는 나머지 성가들은 내 제안이다; 더 적합한 것을 찾으면 그것을 써도 좋다. 귀에 많이 익숙한 음악은 피해야 하고, 너무 느리거나 침울한 음악도 마찬가지로 좋지 않다: 아그네스는 노래할 때 가장 눈부시다.

성모님께

"…왜 걱정은 하고 그래? 내가 자네한테 그 여자가 진짜 성인(聖人)이라 한들 자네가 얻을 게 뭐가 있다고? 난 성인을 만들 수 없고 그건 교황도 마찬가지야. 그 사람들이 성인이라는 아주 사소한 단서라도 보여야 그제서 우리가 알 수 있다고. 자네가 그 여자가 성인이라고 생각한다면, 자네에게 그 여자는 성인이야. 그 이상 뭐가 더 필요해? 우리가 영혼의 실체라고 부르는 게 이거야, 세상의 동의를 구하는 것도 바보 같은 짓이고…."

"하지만 제가 걱정스러운 건 그 기적이라는 겁니다. 신부님이 말씀엔 기적에 관한 내용이 없잖아요."

"아, 기적! 그건 여기저기에서 일어나. 기적이란 게 참 그때그때 달라…. 기적은 인간이 설명할 수 없어…. 기적은 시대와 장소, 우리가 아는 것과 알지 못하는 것에 의해 결정돼…. 우리가 자연의 법칙이라고 오만하게 치부해 버린 것들이 슬쩍 뒤집혔다고 호들갑 떨기엔 삶 자체가 너무도 엄청난 기적이라고. …그 여자의 정체는 무엇인가? 그것이야 말로 자네가 반드시 알아내야 할 점이야. …그리고 심리적인 진실에서 그 답을 찾아야해, 객관적인 진실이 아니라… 게다가 그걸 찾는 동안 자넨 자네의 삶을 영위하면서 그 답은 그 여자가 어떤 대가를 치러야만 얻어질 수도 있고 자네와 그 여자를 위한 하느님의 계획일지도 모른다는 그런 가능성을 받아들여야 해."

로버트슨 데이비스, 『피프스 비즈니스(Fifth Business)』에서

제1막

✝

§ 제1장 §

암전. 아름다운 소프라노 음성이 들려온다.

아그네스　　*주여 불쌍히 여기소서. 주여 불쌍히 여기소서.*
　　　　　　그리스도여 불쌍히 여기소서. 그리스도여 불쌍히 여
　　　　　　기소서.

조명이 부드럽게 마사 리빙스턴 박사를 비추기 시작한다.

박사　　　　어릴 적 그레타 가르보가 나오는 〈춘희〉를 보러 다
　　　　　　닌 기억이 나네요, 아, 대여섯 번은 족히 될 거예요.
　　　　　　주인공은 결핵으로 죽지 않을 거라고 매번 간절히
　　　　　　믿었고요. 기대와 희망에 벅차 극장에 앉아 있었지
　　　　　　만, 매번 절망했고, 매번 다시 오리라 결심했답니다,
　　　　　　해피엔딩을 보려고요. 다른 결말이 담긴 필름이 있
　　　　　　다고 믿었으니까요. 할리우드 깊숙이 이젠 잊혀진
　　　　　　보관소에 결핵도, 질주해오는 기차도, 총살도 이겨

내는 그레타 가르보가 있다고 말이죠. 매번요. 전
아직도 또 다른 필름이 있다고 믿고 싶어요. 전 아직
도 모든 이야기에는 어디에든, 어떤 식으로든 해피
엔딩이 있다고 믿고 싶어요. 속속들이 찾으면 되는
거에요. 절실하게 매달리면 되는 거고요. (침묵) 아기
는 쓰레기통 안에서 발견됐습니다, 탯줄이 목에 감
긴 채로. 정신을 잃은 산모는 자신의 방문 옆에서
발견됐습니다, 과다출혈이었고요. 과실치사로 기소
되어 재판을 받게 됐습니다. 이 사건은 저, 마사 리빙
스턴이 법원이 선임한 정신과 전문의로서 정신감정
을 하기로 했습니다. 전 돕고 싶어요…. (이 젊은
여자를요, 믿어주세요.)

§ 제2장 §

원장 수녀   리빙스턴 박사님, 그렇죠? (자기 농담에 자기가 웃는
            다.) 전 미리암 루스 원장이에요, 아그네스 수녀가
            살고 있는 수녀원을 맡고 있습니다.
박사   처음 뵙겠습니다.

원장 수녀　원장 수녀라 안 하셔도 됩니다, 내키지 않으시면요.

박사　감사합니다.

원장 수녀　대부분 불편해하시더군요.

박사　그게….

원장 수녀　요즘 그 호칭이 갖는 어감이 최악인 듯합니다….

박사　네.

원장 수녀　…아니면 괜한 친밀감을 강요한달까요, 다들 뜨악하게 만드는, 듣자마자 말이죠.

박사　그렇군요.

원장 수녀　그냥 수녀라고 부르셔도 됩니다. 아그네스 수녀를 데려왔어요. 재판 때까지 수녀원에 머물 수 있도록 해주셨거든요.

박사　네, 저도… (압니다.)

원장 수녀　저도 도움을 드리고 싶고요.

박사　감사합니다만 수녀님, 아직 아그네스 수녀도 못 만났거든요. 일단 그분과 이야기를 나눈 후에 미심쩍은 부분이 있다면 그때… (기꺼이 말씀드리겠습니다.)

원장 수녀　궁금한 게 아주 많으실 거예요.

박사　많아요, 하지만 아그네스한테 직접 듣고 싶습니다.

원장 수녀   걘 도움이 안 될 거예요.

박사   무슨 말씀이신가요?

원장 수녀   기억을 차단해버렸어요, 다 잊었죠. 저만이 박사님
         질문에 답을 드릴 수 있습니다.

박사   아그네스를 얼마나 잘 아시죠?

원장 수녀   아, 전 아그네스 수녀를 아주 잘 압니다. 저희는 관상
         수도회지 교육수도회가 아니에요. 규모도 상당히 작
         습니다. 전 4년쯤 전에 원장으로 임명됐는데 아그네
         스가 오기 직전이었죠. 그래서 박사님 질문에 대답할
         자격이 차고 넘친다고 봅니다. 담배 좀 꺼 주시면
         안 될까요?

박사   네, 죄송합니다. 괜찮으신지 여쭤봤어야 했는데. (박
         사는 담배를 끄지 않고 손을 휘저어 연기를 다른 방향으로
         보낸다.)

원장 수녀   알코올중독자한테 술 권하는 건 좀 아니라고들 하지
         않나요?

박사   담배 피우셨어요?

원장 수녀   하루에 두 갑씩.

박사   아, 그 정돈 껌이죠, 수녀님.

원장 수녀   니코레트 말이군요[4]. (박사가 웃는다.) 전에 제 동생이

이 미친 세상에서 믿을 것이라곤 필터 없는 담배를 피우는 사람들의 진솔함뿐이라더군요.

박사   똑똑한 동생이 있으시네요[5].

원장 수녀   박사님은 질문이 있으시고요. 물어보시죠.

박사   아그네스의 임신 사실을 누가 알았나요?

원장 수녀   아무도 몰랐어요.

박사   그 사실을 어떻게 숨겼을까요?

원장 수녀   환복도 혼자, 목욕도 혼자 했거든요.

박사   보통들 그러나요?

원장 수녀   네.

박사   낮에는 어떻게 감췄죠?

원장 수녀   (수녀복을 흔들며) 이 안에다가 기관총도 숨길 수 있을 걸요.

박사   그 기간 동안 검진은 안 받았고요?

---

4. 앞서 박사가 "I can beat that, sister.(직역하면 '제가 그 정도는 이길 수 있습니다'이지만 '그 정돈 껌이죠'로 의역했다)"라고 하는데 여기서 'beat'는 '이기다' 외에 '치다, 두드리다'라는 의미도 있다. 그래서 원장 수녀가 담배 이름인 'Lucky Strike(행재)'라고 받아 친다. 'strike'역시 '치다'라는 의미가 있기 때문에 말장난을 한 것이다. 번역하며 '그 정도는 껌이죠'를 니코틴 껌인 '니코레트'로 받았다. 2안으로 "'디스'군요.(담배이름, '디스'하시냐는 의미로)"라고 받을 수도 있다.

5. 박사가 "You have a smart sister."라고 하자 원장 수녀가 "And you have questions."라고 같은 동사 'have'로 받는다. 그 점을 번역에 반영했다.

원장 수녀	일 년에 한 번씩 받아요. 그 사이에 임신을 한 거죠.
박사	아기는 누가 발견했나요?
원장 수녀	제가요. 그날 밤 제가 아그네스 수녀더러 일찍 들어가 쉬라 했어요. 몸이 안 좋았거든요. 조금 있다가 제가 그 방으로 갔는데….
박사	수녀님들 모두 독방을 쓰시나요?
원장 수녀	네, 그리곤 방문 옆에 쓰러져 있는 걸 발견했어요. 깨워보려 했어요. 근데 안 돼서 수녀님 한 분께 구급차를 부르라고 했죠. 그때 찾았어요…. 그 휴지통을.
박사	찾았다고요?
원장 수녀	숨겨놨더라고요, 침대 밑에, 벽에 바짝 붙여서.
박사	어떻게 거길 볼 생각을 하셨죠?
원장 수녀	치우다가요. 사방이 피였거든요.
박사	그걸 찾았을 때 혼자 계셨나요?
원장 수녀	아뇨. 또 다른 수녀님, 마거릿 수녀님이 같이 계셨어요. 그분이 경찰에 신고했죠.
박사	일기나 편지 같은 건 없었나요?
원장 수녀	무슨 말씀이신지.
박사	아기 아버지를 알 수 있는 단서 같은 거요.
원장 수녀	아, 네. 아뇨, 아무것도 못 봤는데요.

신의 아그네스
†

박사	도대체 누굴까요?
원장 수녀	전혀 모르겠습니다.
박사	어떤 남자들과 접촉이 있었을까요?
원장 수녀	아무도 없어요, 제가 아는 한.
박사	의사가 있나요?
원장 수녀	네.
박사	남자분?
원장 수녀	네, 근데 제가 말했잖아요, 걘 의사를 본 적도… (없다고요.)
박사	신부님은요?
원장 수녀	네, 근데… (그럴 일은….)
박사	성함이 어떻게 되죠?
원장 수녀	마셜 신부님이요. 하지만 그분은 거리가 멀어요. 숫기가 정말 없으시니까요.
박사	또 다른 사람은 없나요?
원장 수녀	누가 있는 건 확실하죠.
박사	그럼 왜 누군지 신경 써 알아보지 않았나요?
원장 수녀	내 말 믿어요, 그 당시엔 신경 썼어요. 다 해봤다고요, 아그네스한테 물어보는 것만 빼고, 그런데도… (어떻게 애가 생긴 건지 전혀 모르겠다니까요.)

박사   왜 직접 물어보지 않았죠?

원장 수녀   애 낳은 기억도 없는데 애 생긴 걸 인정하겠어요?
         게다가 이게 아그네스와 무슨 상관인지 모르겠네요.

박사   작작 하시죠, 수녀님.

원장 수녀   여기서 중요한 건 누군가 그 애가 아기를 갖게 했다
         는 겁니다. 다 아는 사실이죠. 하지만 열두 달 전
         일이에요. 그 '누군가'의 정체가 이 재판과 무슨 상
         관인지 도무지 모르겠네요.

박사   왜 그렇게 생각하시죠?

원장 수녀   그런 질문은 말아주세요[6]. 여기서 환자는 내가 아니
         니까.

박사   하지만 여기서 의사는 저예요. 무엇이 중요하거나
         중요치 않은지는 제가 결정합니다.

원장 수녀   네.

박사   그러니까 왜 제 질문을 피하시냐고요?

원장 수녀   전 그런 적… (없습니다.)

---

6. "Don't ask me those questions, dear". 'dear'는 원래 다정하게 상대를 칭하는
말이지만 여기서는 원장 수녀가 겉으로는 부드럽게 말하는 듯하면서 사실 경고조로 말하
는 대목이다. 이 상황에서 'dear'와 비슷한 의미인 한국어 호칭이 딱히 없어서 번역에는
뺐다.

박사	아기 아버지가 누구죠?
원장 수녀	모릅니다. (침묵)
박사	이제 그분을 뵙고 싶군요.
원장 수녀	박사님, 외람된 말씀일지 모르지만, 전 박사님 인정 못 합니다. 박사님을 그런다는 게 아니라….
박사	정신의학을요.
원장 수녀	네, 최대한 지체 없이 조심스럽게 아그네스를 대해 주십사 부탁드려요. 유약한 아이예요. 못 견뎌요, 반대심문 같은 건.
박사	수녀님, 제가 종교재판하자는 건 아닌데요[7].
원장 수녀	저도 중세에서 온 건 아닙니다. 당신 정체를 잘 알아요. 외과 의사죠. 그 아이 마음이 칼로 찢기길 바라지 않아요.
박사	혹시 제가 알면 안 되는… (내용들이 있나요?)
원장 수녀	그저 조심해주셨으면 해요.
박사	신속히 끝내고요?
원장 수녀	네

....

[7]. 박사 "I am not with the Inquisition." / 원장 수녀 "I am not from the Middle age." 마치 두운처럼 두 사람의 대사가 'I am not'으로 시작한다.

박사	왜죠?
원장 수녀	아그네스는 다르거든요.
박사	다른 수녀님들과요? 네, 그건 저도 알겠네요.
원장 수녀	다른 사람들과요. 특별한 아이죠.
박사	어떻게요?
원장 수녀	천부적 재능이 있어요. 축복이죠.
박사	무슨 말씀이시죠? (아그네스의 노랫소리가 들려온다.)
아그네스	*지극히 높은 곳의 하느님께 영광…*
원장 수녀	저 보세요.
아그네스	*땅 위의 선한 인간들에게 평화*
원장 수녀	천사의 목소리지요.
아그네스	*하느님을 칭송합니다.*
	하느님을 찬양합니다.
박사	혼자 있을 때 자주 노래하나요?
원장 수녀	항상 해요.
아그네스	*하느님을 경배합니다.*
원장 수녀	다른 사람들 앞에서는 부끄러워서 노래 못하거든요.
아그네스	하느님을 찬미합니다.
박사	누가 가르쳤죠?
원장 수녀	저도 몰라요.

아그네스	*하느님의 크나큰 영광에 감사하나이다.*
	하늘의 왕이신 하느님.
	전지전능하신 하느님 아버지.
	독생자이신 예수 그리스도여.
원장 수녀	(아그네스가 위의 노래를 부르는 동안) 처음 아그네스의 노래를 들었을 때, 전 전율을 느꼈답니다. 그리고 내가 아는 그 맑고 밝은 아이와 그런 목소리를 결부시킬 수 없었죠. 밝은 아이였어요, 선생님. 하지만 그 목소리는 전혀 다른 사람이었어요.
아그네스	*하느님이시여*
	하느님의 어린 양이여
	성부의 성자이시여
	우리의 죄를 사하시는 분이시여
	우리를 가엾이 여기소서.
박사	아그네스를 들여보내 주시겠어요?
원장 수녀	조심해주세요, 부탁입니다.
박사	전 항상 조심한답니다, 수녀님.
원장 수녀	여기 있어도 괜찮을까요?
박사	아니요. (원장 수녀, 미소 짓는다.)
원장 수녀	들여보내죠.

§ 제3장 §

아그네스의 노랫소리가 이 장에서도 계속된다.

아그네스   *우리의 죄를 사하시는 분이시여.*

우리의 기도를 들어 주시오서,

성부의 오른편에 앉아계신 주님,

우리를 가엾이 여기소서.

당신만이 거룩하시고,

당신만이 우리 주님이시고,

당신만이 가장 높이 계시므로,

예수 그리스도여.

성부의 영광 속에서 성령과 더불어, 아멘.

박사   (아그네스의 노랫소리 위로) 조폭들이 정당한 재판도
없이 어떤 남자의 목을 매달았다는 혐의로 판사 앞
에 섰습니다. 존경하는 판사님, 두목이 말했습니다.
그자가 하는 말을 한마디도 빠짐없이 대단히 공정하
고 객관적으로 들었습니다. 그리고는 그 개자식 목
을 매달았습죠. 전 객관성을 유지하고 싶었지만 원

장 수녀님은 그 사실을 믿지 않았습니다. 아, 마리 얘기는 전혀 몰랐겠지만 분명히 뭔가 있다 싶었던 거죠. 마리는 제 여동생인데 15살 때 수녀원에 들어가기로 결심했답니다. 어머니는 뒤도 안 돌아보고 그 애를 보냈고 다시는 볼 수 없었어요. 어느 날 밤에 연락이 왔더라고요. 동생이 급성 충수염이었는데 손도 한 번 못 써보고 죽었다고. 원장 수녀가 병원에 보내지 않았다더군요. (웃는다) 네, 내심 아주 공정하고 객관적이지 못했을지도 모르겠네요, 그렇죠? 그래도 노력했어요. (침묵) 마리 시신을 보려 수녀원 작은 방에서 기다렸던 때를 기억합니다. 티끌 한 점 없던 벽과 바닥을 응시하면서 생각했어요, '세상에, 여기만큼 저 사람들의 마음을 대변해 줄 곳은 없겠구나'. 그때 나의 종교, 나의 예수가 무엇인지 깨달았어요. 마음. 이 세상에서 내가 이해하지 못 하는 모든 것들이 그 협소한 공간에 들어있다니. 피부와 뼈, 피라는 껍데기 안에 모든 것들의 비밀이 있잖아요. 나무를 보고 내가 저토록 푸르른 것들 창조했다니 멋지지 않은가 생각하죠. 신은 저 어딘가에 있지 않아요. 신은 이 안에 있어요. 신은 당신입니다. 아니, 당신이 신입니다. 미리암 원장 수녀는 그걸 이해 못 하겠죠, 물론. 아, 그 사람을 보면 우리 어머니가 떠올라요. 그리고 아그네스는, 그러니까… (저 목소리를 듣고 있자면….)

아그네스의 등장으로 박사의 독백이 끊긴다.

§ 제4장 §

아그네스   안녕하세요.

박사   안녕하세요. 전 리빙스턴 박사에요. 아그네스하고 이야기를 하기로 돼있어요. 괜찮죠?

아그네스   네.

박사   목소리가 아름다워요.

아그네스   아니에요.

박사   제가 방금 들었는데요.

아그네스   제가 안 했어요.

박사   그럼 밖에 우리 직원이었단 말이에요? 그 사람 봤잖아요, 그렇죠? 키 크고 보라색 머리를 한, 꼭 타조처

럼 생긴 여자요. (아그네스 미소 짓는다.) 그런 말 하면
안 되지만, 사실 그렇잖아요, 안 그래요?

아그네스   네.

박사   지금 노래한 건 저 사람 아니잖아요, 맞죠? 지난번에
노래 한번 했다가 환자 안경만 깼다니까요. (아그네스
가 웃는다.) 정말 예쁘네요, 아그네스.

아그네스   아니요, 안 그래요.

박사   아무도 그런 얘기 안 했어요?

아그네스   몰라요.

박사   그럼 내가 지금 말해줄게요. 정말 예뻐요. 목소리도
아름답고요.

아그네스   다른 얘기해요.

박사   무슨 얘기할까요?

아그네스   몰라요.

박사   아무거나 말해봐요. 제일 먼저 떠오르는 걸로요.

아그네스   하느님이요. 하지만 하느님 얘기는 할 게 없는데요.

박사   두 번째로 떠오르는 건요?

아그네스   사랑.

박사   왜 사랑이죠?

아그네스   몰라요. (침묵)

박사	누군가 사랑해본 적 있나요, 아그네스?
아그네스	하느님.
박사	제 말은, 다른 사람을 사랑해본 적 있나요?
아그네스	어, 네.
박사	누구죠?
아그네스	모두 다요.
박사	구체적으로 누구죠?
아그네스	지금요?
박사	네.
아그네스	박사님을 사랑해요. (침묵)
박사	남자를 사랑해본 적 있나요? 예수님 빼고요.
아그네스	네.
박사	그게 누구죠?
아그네스	어, 너무 많은데.
박사	음, 마셜 신부님 사랑하나요?
아그네스	어, 네.
박사	그분도 아그네스를 사랑하는 것 같아요?
아그네스	어, 그럼요.
박사	그렇게 말하던가요?
아그네스	아뇨, 하지만 그분의 두 눈을 보면 알 수 있어요.

박사	단둘이 있었던 적 있나요?
아그네스	어, 네.
박사	자주요?
아그네스	적어도 1주일에 한 번은요.
박사	(아그네스의 기쁨을 공감하며) 그래서 좋았나요?
아그네스	어, 네.
박사	어디서 만났죠?
아그네스	고해소에서요. (짧은 침묵)
박사	그렇군요. 혹시 신부님이랑… (고해소 밖에서도 만나기도 하나요?)
아그네스	아기 얘기를 하고 싶은 거잖아요, 그렇죠?
박사	그 얘기하고 싶어요?
아그네스	전 아기는 보지도 못했어요. 다 꾸며낸 얘기 같아요.
박사	누가요?
아그네스	경찰.
박사	경찰이 왜요?
아그네스	몰라요.
박사	아기가 왔다던 그 밤 기억해요?
아그네스	아뇨, 전 아팠어요.
박사	왜 아팠죠?

아그네스   먹은 게 잘못됐어요.

박사   많이 아팠어요?

아그네스   네.

박사   어디가요?

아그네스   이 밑이요.

박사   어떻게 했죠?

아그네스   방으로 갔어요.

박사   거기선 무슨 일이 있었죠?

아그네스   더 아파졌어요.

박사   그리고요?

아그네스   잠들었어요.

박사   그렇게 아픈 와중에요?

아그네스   네.

박사   그럼 아기는 어디서 왔죠?

아그네스   무슨 아기요?

박사   그 사람들이 꾸며낸 아기요.

아그네스   그 사람들 머릿속에서요.

박사   그 사람들이 거기서 나왔다고 하던가요?

아그네스   아뇨, 쓰레기통에서 나왔다고 했어요.

박사   그 전엔 어디서 왔을까요?

아그네스	하느님으로부터요.
박사	하느님 다음, 쓰레기통 전에는요.
아그네스	무슨 말인지 모르겠는데요.
박사	아기는 어떻게 태어나죠?
아그네스	모르세요?
박사	아뇨, 아는 것 같아요, 근데 아그네스가⋯ (알려줬으면 해요.)
아그네스	무슨 말씀인지 모르겠어요! 선생님은 아기 얘기하고 싶잖아요, 다들 아기 얘기하고 싶어 해요, 근데 난 아기를 못 봤다고요, 그래서 아기 얘기 못 해요, 원래 없었으니까.
박사	그럼 다른 얘기해요.
아그네스	싫어요. 전 얘기하는 게 지긋지긋해요. 몇 주일 동안 맨날 얘기만 했으니까! 근데 내가 무슨 얘기를 해도 아무도 안 믿어요. 아무도 내 말 안 듣는다고요!
박사	내가 들을게요. 그게 내 일이에요.
아그네스	전 더 이상 질문에 대답하고 싶지 않아요.
박사	그럼 질문 해볼래요?
아그네스	그게 무슨 말이에요?
박사	바로 그렇게요. 물어보세요, 내가 대답할게요.

아그네스	아무거나요?
박사	아무거나요. (짧은 침묵)
아그네스	이름이 뭐에요?
박사	마사 루이스 리빙스턴.
아그네스	결혼했어요?
박사	아니요.
아그네스	하고 싶으세요?
박사	지금은 아니에요.
아그네스	아이는 있어요?
박사	아니요.
아그네스	있었으면 좋겠어요?
박사	이젠 못 가져요.
아그네스	왜요?
박사	음…, 생리가 멈췄어요.
아그네스	담배는 왜 피우세요?
박사	불편해요?
아그네스	질문 안 돼요.
박사	담배는 내 집착 같은 거에요. 어머니가 돌아가셨을 때 피우기 시작했거든요. 어머니한테도 집착했었죠. 다른 집착 대상이 생기면 아마도 담배를 끊을

것 같아요. (침묵) 괜히 물어봤다 싶을 거에요. 질문
또 없어요?

아그네스 하나 있어요.

박사 뭔데요?

아그네스 박사님은 아기가 어디서 온다고 생각하세요?

박사 어머니와 아버지한테서요, 당연하잖아요.

아그네스 전 아기는 천사가 어머니의 가슴에 빛을 비추고 귀에
속삭일 때 온다고 생각해요. 그럼 착한 아기들이 자라
기 시작하죠. 나쁜 아기들은 타락 천사들이 그 밑[8]으
로 비집고 들어가서 거기로 다시 나올 때까지 점점
더 커지다가 태어나요. 착한 아기들이 어디로 나오는
지는 저도 몰라요. (침묵) 나쁜 아기들이 많이 울어서
아버지가 도망가고 어머니가 너무 아파서 죽게 만들
기 전까지는 두 아기들은 별다르지 않아요. 우리 엄마
는 죽을 때 별로 행복하지 않았어요. 그리고 엄마는
지옥에 갔을 거예요. 왜냐하면 매번 꼭 뜨거운 샤워를
하고 나온 사람처럼 보였거든요. 나한테 뭐라고 하는

---

8. "Down there". 어머니의 밑, 여성의 질.

사람이 엄마인지 아니면 그 여자 분인지 모르겠어요. 두 사람은 날 두고 맨날 싸우거든요. 그 여자 분은 제가 10살 때 처음 봤어요. 잔디밭에 누워 하늘을 보는데 해가 구름으로 변하더니 다시 그 여자 분이 돼서는 내게 할 말이 있다고 했어요, 보니까 발에서 막 피를 흘리고 손이랑 옆구리에도 구멍이 나있길래 난 하늘에서 떨어지는 피를 손으로 받으려고 했는데 앞이 더 이상 보이지 않았어요, 눈앞에 검은 점들이 있어서 눈이 너무 아팠으니까. 그리고는 나한테 막 얘기 같은 걸 하는데 지금 마리! 마리! 이러면서 막 울어요. 근데 전 그게 무슨 말인지 모르겠어요. 그리고 날 통해서 노래해요. 마치 그 여자분이 공중에 커다란 갈고리를 던지자 그게 내 갈비뼈에 걸리고 그걸로 날 끌어올리려는데 난 꼼짝도 안 하는 것 같아요, 엄마가 내 발을 잡고 있으니까. 난 그 여자분 목소리로 노래하는 수밖에 없어요, 하느님은 당신을 사랑해요! (침묵) 하느님은 당신을 사랑해요. (침묵)

박사 마리를 알아요?

아그네스 아뇨. 아세요?

박사 몰라요. (침묵)

아그네스   제가 왜 알아야 하죠?

박사   그걸 자주 들어요, (그 사람들 목소리를?)

아그네스   더 이상 얘기하기 싫어요, 알겠어요? 그냥 집에 가고
             싶다고요.

§ 제5장 §

원장 수녀   어떠셨어요? 완전히 미쳤나요, 아니면 단지 살짝
             정신이 나간 정돈가요? 아니면 제정신인데 그저 거
             짓말을 잘하는 것일지도 모르겠네요. 그래서 결론은
             내리셨나요?

박사   아직은요. 수녀님은 어떻게 보세요?

원장 수녀   저요?

박사   네. 저보다 아그네스를 더 잘 아시잖아요. 수녀님
             의견은 어떠세요?

원장 수녀   그게…, 제 생각에 그 아이는… 미치지 않았어요.
             거짓말을 하지도 않고요.

박사   그런데 어떻게 아이까지 낳았으면서 섹스와 출산에
             대해 모르죠?

원장 수녀   순수하니까요. 하느님 외에 그 누구도 손대지 않은 백지장 같은 아이예요. 그 아이 마음속에는 그런 사실들이 낄 자리도 없답니다.

박사   허, 개소리.

원장 수녀   그 아이 경우는 달라요. 애 엄마가 아이를 내내 집에 가뒀다고요. 학교는 거의 안 가다시피 했죠. 애 엄마가 어떻게 교육청을 따돌렸는지 모르겠지만 그랬다고요. 엄마가 죽고 나서 아그네스가 우리에게 왔어요. 그 아이는 바깥세상에 나가본 적이 없어요, 박사님. 텔레비전도 영화도 본 적이 없다고요. 책도 한번 안 읽어봤다니까요.

박사   그 아이가 순수하다고 믿으시는데 그렇다면 어떻게 아기를 살해할 수 있었을까요?

원장 수녀   안 그랬다니까요. 과실치사라고요, 살인이 아니라. 제정신에 아기를 죽인 게 아니에요. 그걸 뭐라고들 부르는지는 몰라도… 당신네들이 쓰는 심리학 용어로… 하지만 그때 그 아이는 의식이 없었어요. 그렇기 때문에 무죄입니다. 그 아이는 정말 기억 못 해요. 출혈이 심했죠, 기절한 상태였다니까요, 내가 그 아이를 발견했을 땐….

박사	그 아이가 아기를 죽여서, 쓰레기통에 감추고, 문으로 기어간 게 모두 무슨 신비로운 가수(假睡)상태에서 저지른 짓이라고 나더러 믿으라고요?
원장 수녀	박사님이 뭘 믿든 신경 안 써요. 당신은 정신과 의사지 배심원이 아니니까. 유죄 여부를 결정하지는 않죠.
박사	다른 의문은 안 들었나요?
원장 수녀	무슨 말이죠?
박사	다른 사람이 아기를 살해하지 않았을까 하는? (침묵)
원장 수녀	경찰 눈에는 아니었어요.
박사	수녀님 눈에는요?
원장 수녀	그건 이미 말했는데요.
박사	그때 아그네스는 의식불명이었다고요, 네, 그러니 누군가 쉽게 그 방으로 들어와서는… (했겠죠.)
원장 수녀	정말 그렇게 생각하시지는 않을 텐데요…. (그런 일이 있었다고.)
박사	가능하잖아요, 그렇죠?
원장 수녀	누가요?
박사	모르죠, 아마 다른 수녀님들이겠죠. 아기를 발견하고는 스캔들을 피하고 싶었겠죠.

원장 수녀   어이가 없네요.

박사   그런 생각은 전혀 안 해보셨나요?

원장 수녀   그 누구도 아그네스의 임신 사실을 몰랐다고요, 그
            누구도. 그 애 자신마저도. (침묵)

박사   언제 처음으로 아그네스가 이토록 순진하다는 사실
            을, 그 아이의 그런 사고방식을 알게 됐나요?

원장 수녀   수녀원에 온 지 얼마 안 됐을 때였죠.

박사   놀라지 않았나요?

원장 수녀   질겁했죠. 지금 박사님처럼요. 익숙해질 겁니다.

박사   무슨 일이 있었나요?

원장 수녀   먹지를 않았어요. 한 입도요.

박사   임신 전 일인가요?

원장 수녀   거의 2년도 전이죠.

박사   얼마나 그랬나요?

원장 수녀   모르겠어요. 저도 2주쯤 지나서 보고받았으니까요.

박사   왜 그랬다던가요?

원장 수녀   처음엔 말하길 거부했어요. 제 앞으로 불려왔는데
            …무슨 재판 같네요, 그렇죠? 단둘이 있을 때 털어놓
            더군요.

박사   그래서요?

원장 수녀	하느님께서 명하셨다고 했어요. (아그네스 등장. 이 장면 내내 아그네스는 아무렇지도 않게 한 손을 수녀복 주름 속에 감추고 있다.) 직접 말씀하셨나요?
아그네스	아뇨.
원장 수녀	다른 사람을 통해서 하셨나요?
아그네스	네.
원장 수녀	누구죠?
아그네스	말 못 해요.
원장 수녀	왜죠?
아그네스	절 벌줄 테니까요.
원장 수녀	수녀님들 중 한 분인가요?
아그네스	아니요.
원장 수녀	그럼 누가요? (침묵) 왜 그러라고 시켰을까요?
아그네스	몰라요.
원장 수녀	아그네스 수녀 생각은 어때요?
아그네스	제가 점점 뚱뚱해지니까요.
원장 수녀	하느님 맙소사.
아그네스	뚱뚱해요. 살이 덕지덕지 붙었어요.
원장 수녀	아그네스….

아그네스   전 뚱보[9]에요.

원장 수녀   …뚱뚱하고 말고가 무슨 상관이죠?

아그네스   왜냐하면요.

원장 수녀   여기선 외모에 신경 안 써도 돼요.

아그네스   아뇨, 하느님께 매력적으로 보여야 돼요.

원장 수녀   하느님은 있는 그대로 사랑하세요.

아그네스   그렇지 않아요. 뚱뚱한 사람은 싫어하세요.

원장 수녀   누가 그래요?

아그네스   뚱뚱한 건 죄악이에요.

원장 수녀   왜죠?

아그네스   성상들을 보세요. 다들 날씬해요.

원장 수녀   아그네스….

아그네스   다들 고통받고 있으니까요. 고통은 아름다워요. 저
           도 아름답고 싶어요.

원장 수녀   누가 이런 얘기를 해줬죠?

아그네스   예수님이 성경에서 말씀하셨어요. 예수께서 가라사
           대 아이들이 고통받는구나, 천국은 이런 자들의 것이
           나니[10] 전 그렇게 고통받는 작은 아이가 되고 싶어요.

....

9. "Blimp". 풍선처럼 생긴 비행선이지만 뚱보라는 뜻도 있다.

원장 수녀   그건 그런 의미로… (말씀하신 게 아니에요.)

아그네스   전 작은 아이에요, 하지만 제 몸은 자꾸 커져요. 전 커지기 싫어요. 그러면 몸이 안 맞을 테니까요. 천국에 비집고 들어가지도 못한다고요.

원장 수녀   아그네스, 천국은 그런 식으로… (창살이나 창문이 있는 곳이 아니에요.)

아그네스   (두 손으로 젖가슴을 움켜쥐며) 이걸 보시라고요. 살을 빼야 돼요.

원장 수녀   (아그네스에게 손을 뻗으며) 가여운 아그네스.

아그네스   전 너무 뚱뚱해요! 이걸 보세요. 전 비행선만 해요. 하느님이 힌덴부르크 비행선[11]을 폭파하셨잖아요. 저도 폭파하실 거에요. 저한테 그랬어요.

원장 수녀   누가 그래요?

아그네스   엄마요! 매일매일 점점 커지다가 빵 터진대요! 하지만 작게 있으면 안 그럴 거예요!

---

10. "suffer the little children for of such is the kingdom of heaven(아이들이 내게 오도록 허하라, 천국은 그런 자들의 것이니)." 'suffer'는 '고통받는다'는 의미지만, '…하도록 허락하다'라는 의미도 있다. 아그네스는 전자의 의미로 받아들였다.

11. 독일의 체펠린이 고안한 비행기구로 1937년 뉴욕 착륙 직전에 공중 폭발로 대형 참사가 일어났다. 마침 그 착륙을 취재하기 위한 라디오와 신문 기자들이 그 순간을 보도해 세계적인 뉴스가 됐다. 그 후 비행선 개발은 막을 내렸다. 이 사건에 관해서 여러 가지 음모론이 제기되기도 했다.

원장 수녀	어머니가 그렇게 말했다고요? (침묵) 아그네스, 어머니는 돌아가셨어요.
아그네스	하지만 보고 있어요. 듣고 있다고요.
원장 수녀	말도 안 돼요. 이젠 내가 어머니에요. 그리고 아그네스가 뭘 좀 먹었으면 좋겠어요.
아그네스	배 안 고파요.
원장 수녀	먹어야 해요, 아그네스.
아그네스	안 먹어도 돼요. 성찬 빵이면 충분해요.
원장 수녀	아그네스, 영성체에는 일일 권장 영양소가 없을 것 같네요.
아그네스	하느님이 있죠.
원장 수녀	아, 네, 하느님이 계시죠.
아그네스	이 말이 무슨 뜻인가요? '성령께서 인하다.'[12]
원장 수녀	'임하다'. 뜻을 모르나요?
아그네스	하느님이 내 아버지로 오시다?
원장 수녀	영적으로만이죠. 뜻을 모르나요? 임하다?
아그네스	성령이 인하다. 엄마가 그렇게 불렀어요. 근데 전

---

12. "What does that mean? Begod?". 아그네스가 'begod(신격화되다)'과 'begot (자식을 낳다)'을 혼동하고 있다.

이해를 못 했어요. 엄마는 하느님께서 우리를 우리 어머니들에게 선물하는 것이라고 했어요. 3.5킬로 짜리로요.

원장 수녀   맙소사.

아그네스   다시 3킬로로 돌아가야 해요, 원장 수녀님.

원장 수녀   그새 500그램이나 줄었네요. 이리로 와요. (원장 수녀는 아그네스를 끌어안으려 팔을 뻗는다. 아그네스는 수녀복 속에 손을 여전히 숨긴 채 원장 수녀를 피한다.) 이번엔 뭐가 문젠가요?

아그네스   전 벌 받고 있어요.

원장 수녀   왜죠?

아그네스   몰라요.

원장 수녀   무슨 벌이죠? (아그네스가 피 묻은 손수건에 싸인 손을 내민다.) 이게 무슨 일이에요? (아그네스가 손수건을 벗긴다.) 오, 예수님. 오, 예수님.

아그네스   오늘 아침에 시작됐는데 멈추게 할 수가 없어요. 왜 저죠, 원장 수녀님? 왜 전가요?

박사   얼마나 그랬죠?

원장 수녀   다음 날 오전에 멈췄어요.

박사   재발은 안 했나요?

원장 수녀   제가 아는 한은요, 네.

박사   왜 병원에 보내지 않았나요?

원장 수녀   필요성을 못 느꼈습니다. 다시 식사를 시작했고…
          (그땐 그게 중요한 듯했으니까요.)

박사   그 정도면 됐다고 생각했나요? 걔 목구멍으로 음식
          이나 내려보내면 다 괜찮을 거라고요?

원장 수녀   물론 아닙니다. 잘 들어요, 무슨 생각하는지 알아요.
          그 아이는 히스테리적이고 순수하며 단순하죠.

박사   단순하진 않아요, 아니에요.

원장 수녀   내가 봤다고요. 그 아이 손바닥을 깔끔하게 관통했
          더군요, 히스테리 때문에 그랬을까요?

박사   수 세기 동안 그래왔어요. 그 아이는 특이한 게 아니
          에요. 또 다른 피해자일 뿐이죠.

원장 수녀   네, 하느님의 피해자죠. 그게 그 아이의 순수함이에
          요. 그 아이는 하느님 소관입니다.

박사   그리고 저는 그 아이를 신에게서 떼어 놀 겁니다.
          그럴까 봐 두렵잖아요, 아닌가요?

원장 수녀   두말하면 잔소리겠죠.

박사   전 이걸 그 아이 마음을 여는 과정으로 보고 싶군요.

원장 수녀   세상에게 말인가요?

박사	자기 자신에게요. 그래야 치료가 시작될 테니까요.
원장 수녀	그건 박사님 일이 아닌데요, 그렇죠? 진단을 내리라는 것이지 치료를 하라고 하지는 않았잖아요.
박사	그건 생각하기 나름이겠죠.
원장 수녀	그게 판사의… (생각인데요.)
박사	수녀님 생각이겠죠. 전 제가 보기에 가장 적절한 방식으로 아그네스를 돕기 위해 이 자리에 있답니다. 그게 의사로서 제 의무이고요.
원장 수녀	법원에 고용된 사람으로서는 아니죠. 당신은 최대한 빠르게 그 아이가 제정신인지만 결정하면 되지 법의 심판에 간섭할 입장은 아니에요. 이건 판사의 말이에요, 내 말이 아니라.
박사	제가 보기에 적절한 방법으로 최대한 빠르게 겠죠. 전 아직 그 결정을 내리지 않았습니다.
원장 수녀	박사님이 아그네스를 위해 베풀 수 있는 가장 큰 친절은 그 결정을 내려 그 아이를 보내주는 겁니다.
박사	법정으로요?
원장 수녀	네.
박사	그런 다음에는요? 제가 그 아이가 미쳤다고 하면 정신병원에 가겠죠. 정상이라고 하면 감옥에 갈 테고요.

원장 수녀	그럼 일시적 정신착란으로 하시죠.
박사	그러죠. 눈 딱 감고 11살에 피 흘리는 여자를 보고 11년 후에 아기 목을 졸라 죽인 아이에게 일시적 정신착란 진단을 내릴 수도 있겠죠. 안 됩니다, 수녀님, 그러기엔 이 사건은 좀 더 복잡하거든요.
원장 수녀	결정이 지연될수록 아그네스만 더 힘들어질 텐데요.
박사	왜죠?
원장 수녀	왜냐하면 21년 동안 고립됐던 사람에게 이 세상은 대단히 해로운 경험이니까요.
박사	그래서 되도록 빨리 아그네스를 감옥으로 보내는 게 최선이라 생각하시는군요?
원장 수녀	전 어떤 판결이 나든 판사께서 아그네스가 수녀원에서 속죄할 수 있도록 선처해주시길 바랄 뿐입니다. (침묵)
박사	글쎄요, 그건 두고 봐야죠.
원장 수녀	박사님은 그 아이를 돌려보내지 않을 셈이군요…. (수녀원으로요?)
박사	그 아이를 문제의 발단으로 보낼 수는 없죠, 네.
원장 수녀	당신의 결정은 별 영향력이 없을 텐데요, 아그네스가 어디서… (형을 살게 될지는.)

박사	내 의견은 모든 결정에 영향력이 있습니다.
원장 수녀	그럼 그 아이를 감옥에 보낼 건가요?
박사	네, 계획적 살인 혐의가 인정된다면 그렇게 해야죠.
원장 수녀	그게 아니면 정신병원?
박사	그게 도움이 될 것 같다면요
원장 수녀	그럼 그 아인 죽어요.
박사	아닐걸요.
원장 수녀	난 이 여자의 목숨을 구하려 싸우는 거에요. 그저 무죄 여부를 밝히려는 게 아니라.
박사	그 아이를 의사한테 보이지 않았을 때도 그 아이 목숨을 위해 싸우셨나요?
원장 수녀	뭐라고요?
박사	손바닥에 구멍이 났었다고요! 과다출혈로 죽을 수도 있었어요! 그런데도 병원에 안 보냈잖아요! 그 앤 죽을 수도 있었다고, 수녀원이 더 낫다는 그 바보 같은… (비이성적인 생각 때문에.)
원장 수녀	안 죽었잖아요, 그렇죠?! (침묵) 만약에 내가 본 걸 다른 사람들이 봤다면 그 아이는 구경거리가 됐을 거에요. 신문들, 정신과 의사들, 조롱. 그 아이가 그런 취급을 받을 이유가 없어요.

박사   근데 지금 그런 취급을 받고 있네요.

원장 수녀   네, 그러니까요.

아그네스의 노랫소리가 들려온다. 노랫소리는 다음 장까지 계속된다.

아그네스   *나는 믿나이다.*

유일한 분이신 전지전능한 하느님.

하늘과 땅,

유형과 무형 만물의 창조주를 믿나이다.

유일한 분이신 주 예수 그리스도,

모든 세대에 앞서

하느님께서 낳으신 외아들이시며,

하느님으로부터 나신 하느님이시요.

빛으로부터 나신 빛이시요,

참하느님으로부터 나신 참하느님으로서,

창조되지 않고 탄생하시어,

성부와 일체이시며,

만물이 다 이분으로 말미암아 창조되었고,

우리 인간을 위하여,

우리의 구원을 위하여

강림하셨네,
성신으로 동정녀 마리아를 통해
인간이 되시었음을 믿나이다.

§ 제6장 §

아그네스의 노래는 이번 장의 시작 부분까지 계속된다.

박사   아, 정말 지독한 말다툼을 벌이곤 했죠, 어머니와 제가
요. 한번은, 제가 12~13살쯤 됐을 때였는데, 신은
허무맹랑한 헛소리라고 말했어요. 그 말을 만드느라
밤을 꼬박 새웠죠. 그러자 엄마는 감히 내게 그런
식으로 말을 하다니, 라며 마치 자신이 상처받은 쪽인
양 얘기하더라고요. 마리가 죽은 직후 전 로맨틱한
프랑스 남자와 잠깐 약혼을 했었는데요. 어머니는 그
사람을 경멸했고 그래서 전 그 사람이 무척 좋았죠.
그 남자 때문에 수많은 밤을 목이 터져라 싸웠어요.
(웃는다.) 그 사람을 떠올린 지가 몇 년은 됐나 봐요.
제가 그를 떠난 이후로는 만난 적이 없거든요-. 아,

Pardonnez-moi[13], 모리스, 그가 절 떠난 이후로는 요. 결국 무슨 일이 있었던 거냐면…, 제가… 그러니까, 제가… 제가 임신을 했었는데 상상 밖의 일이라서… 어머니가 되는 게. 근데 모리스는 달랐죠, 그래서… (침묵) 우리 어머니는 말년에 정신이 온전치 않았는데 한번은 제가 버럭 화를 내면서 신은 죽었다고 했더니 어땠는지 아세요? 무릎을 꿇고 앉아서 신의 영혼을 위해 기도를 하더라니까요. 신은 그 여인을 사랑합니다. 우리 무신론자들에게도 이 세 마디만큼이나 의미심장한 말이 있었으면 좋겠네요. 아, 전 독실한 가톨릭 신자였던 적은 없어요. 가톨릭에 대한 의심은 제가 6살쯤 됐을 때 시작됐죠. 하지만 마리가 죽었을 때 전 뒤도 안 돌아보고 종교에서 발을 뺐어요. 엄마는 절 절대로 용서하지 않았죠. 그리고 전 교회를 절대로 용서하지 않았어요. 하지만 분노를 삭이며 사는 법을 배우게 됐죠, 심지어는 그걸 잊는 법까지도…. 그 아이가 진료실로 걸어

---

13. 프랑스어로 '미안하다, 실례한다'는 의미이다. 여기서는 프랑스 남자였던 전 남자친구한테 하는 말이라서 프랑스어로 말한다.

들어오기 전까지는요. 그리고 그 아름다운 첫 만남을 시작으로 매번 만날 때마다, 전 점점 더… 빠져들었어요. (침묵) 마리, 마리.

§ 제7장 §

아그네스   네, 박사님?

박사   아그네스, 아기를 어떻게 생각하는지 말해주세요.

아그네스   아, 안 좋아해요. 겁나거든요. 떨어뜨릴까 봐 무서워요. 걔들은 항상 자라잖아요. 너무 빨리 자라서 꿈틀거리며 내 품 밖으로 떨어질까 봐 무서워요. 정수리에 말랑말랑한 부분 있잖아요, 그래서 만약 머리로 떨어지면 바보가 될 거에요. 제가 그렇게 떨어졌어요. 보세요, 못 알아듣는 게 많잖아요.

박사   뭘요?

아그네스   숫자요. 숫자들이 어디로 가는 건지 모르겠어요. 평생 숫자만 세도 끝까지 못 가요.

박사   저도 그건 이해 못 하겠는데요. 저도 머리로 떨어진 것 같은가요?

아그네스	아, 아니길 바라요. 끔찍한 일이니까요, 가장 끔찍한 비극이에요, 머리로 떨어지는 일은요. 다른 것들도 있어요, 숫자만 그런 게 아니에요.
박사	또 뭐가 있나요?
아그네스	전부 다요, 가끔은요. 정신을 차려보면 세상을 붙잡을 수가 없어요. 멈추질 않아요.
박사	그럴 땐 어떻게 해요?
아그네스	하느님께 기도해요. 하느님은 절 겁주지 않으세요.
박사	그래서 수녀가 됐나요?
아그네스	그런가 봐요. 그분 없이 살 수 없으니까요.
박사	하지만 하느님은 다른 종교나 다른 형태의 삶 속에서도 계시지 않을까요?
아그네스	모르겠어요.
박사	저도 하느님과 이야기할 수 있을까요?
아그네스	한번 해 보세요. 하느님께서 들어주실지는 모르지만요.
박사	왜죠?
아그네스	선생님이 하느님 말씀을 안 들으니까요.
박사	아그네스, 수녀원을 나올 생각은 해본 적 없어요? 다른 것을 찾아서요?

아그네스   아, 아뇨. 그런 건 없어요. 여기가 행복해요. 잠도 잘 오고요.

박사   잠을 잘 못 자요?

아그네스   두통이 있어요. 엄마도 그랬죠. 얼굴에 젖은 헝겊을 뒤집어쓰고 어둠 속에 누워서는 저보고 저리 가버리라고 했어요. 아, 하지만 엄마는 바보는 아니었어요. 아, 아니, 되게 똑똑했어요. 뭐든 다 알았죠. 심지어 아무도 모르는 것들까지도.

박사   그게 뭐였는데요?

아그네스   미래요. 저한테 무슨 일이 일어날지 알고 있었어요, 그래서 절 숨겼죠. 전 아무렇지도 않았어요. 학교를 별로 안 좋아했어요. 그리고 엄마랑 같이 있는 게 좋았어요. 저한테 여러 가지 얘기를 해줬거든요. 제가 수녀원에 들어갈 거라고 했는데 그렇게 됐잖아요. 심지어 이것도 알고 있었어요.

박사   이거요?

아그네스   이거요.

박사   저요?

아그네스   이거요.

박사   엄마는 어떻게 아셨을까요…. 이걸요?

아그네스 누가 말 해줬어요.

박사 누가요?

아그네스 몰라요.

박사 아그네스.

아그네스 웃으실 거에요.

박사 안 웃겠다고 약속할게요. 누가 말해줬나요?

아그네스 천사가요. 두통이 도졌을 때요. 제가 태어나기 전에.

박사 어머니가 천사를 자주 봤나요?

아그네스 아뇨, 두통이 왔을 때만요. 아닐 때도 있었고요, 가 끔씩만요.

박사 아그네스도 천사를 보나요?

아그네스 (약간 급하게) 아니요.

박사 어머니가 정말 천사를 봤다고 믿나요?

아그네스 아니요, 그런데 엄마한텐 절대로 말 못했어요.

박사 왜요?

아그네스 화낼 테니까요. 절 벌줄 테니까요.

박사 어떻게 벌주실까요?

아그네스 그냥… 벌줬어요.

박사 어머니를 사랑했나요?

아그네스 아, 네, 네.

박사	아그네스도 어머니가 되고 싶었던 적 있어요?
아그네스	전 어머니가 못 돼요.
박사	왜죠?
아그네스	아직 어려요. 게다가 아기를 갖고 싶지도 않아요.
박사	왜죠?
아그네스	왜냐하면 갖고 싶지 않으니까요.
박사	만약 아기를 원했다면, 어떻게 가질 수 있을까요?
아그네스	입양하면 돼요.
박사	입양된 아기는 어디서 왔을까요?
아그네스	입양 기관에서요.
박사	기관 전에는요?
아그네스	아기를 원치 않았던 사람에게서요.
박사	아그네스처럼요?
아그네스	아뇨! 나랑 달라요!
박사	하지만 그 사람은 어떻게 아기를 가졌을까요, 원치도 않았는데?
아그네스	실수죠.
박사	어머니는 어떻게 아그네스를 가졌을까요?
아그네스	실수로요! 실수였다고요!
박사	어머니가 그러시던가요?

아그네스   우리 엄마가 나쁜 여자였다고, 나를 미워했다고, 나
        를 원치 않았다고 내가 말하게 하고 싶죠? 하지만
        그건 사실이 아니에요, 왜냐하면 엄마는 날 사랑했
        으니까, 그리고 엄마는 좋은 여자였어요, 성녀였고,
        저를 원했다고요. 엄마의 좋은 면은 듣고 싶지 않겠
        죠. 구역질나는 얘기나 좋아하니까!

박사   아그네스, 믿기 힘드네요, 섹스에 대해 무지하다
        니….

아그네스   내가 바보인 걸 어쩌겠어요.

박사   …아이 아버지가 누군지 모른다니….

아그네스   사람들이 지어낸 거라고요!

박사   …수태에 대한 기억이 없다니….

아그네스   내 잘못이 아니라니까요!

박사   임신 사실을 믿지 않는다니!

아그네스   실수였다고요!

박사   뭐가요, 그 아이가요?

아그네스   전부 다요! 수녀는 자식이 없어요!

박사   아그네스….

아그네스   나한테 그렇게 손대지 말아요! 그렇게 손대지 말라
        고! (아그네스는 자신에게서 비켜서는 박사에게 퍼붓는

다.) 박사님이 뭘 원하는지 다 알아요! 하느님을 빼앗아 가려는 거죠. 창피한 줄 아세요! 가둬버려야 해요. 당신 같은 사람들은!

§ 제8장 §

원장 수녀   우릴 싫어하시는군요, 그렇죠?

박사   네?

원장 수녀   수녀요. 수녀를 싫어하잖아요.

박사   무슨 말씀을… (하시는 건지 잘 모르겠네요.)

원장 수녀   그렇다면 가톨릭교리겠죠.

박사   전 무지와 몽매를 증오해요.

원장 수녀   그렇다면 가톨릭교회겠군요.

박사   전 제 입으로… (가톨릭이 어떻다고 한 적 없는데요.)

원장 수녀   박사님은 한 인간을 상대하는 겁니다, 집단이 아니라.

박사   하지만… (그 집단이 이 한 인간과 지긋지긋하게 밀접한 관련이 있죠.)

원장 수녀   지금 가톨릭 교리가 재판에 부쳐진 게 아닙니다.

종교적 편견 없이 아그네스를 대해주시기 바랍니다.
그렇지 않으면 전 이 사건을 다른 정신과 의사에
게… (넘길 테니까요.)

박사   (폭발하며) 감히 내 사무실로 쳐들어와 내 일에 이래
라저래라 하다니-.

원장 수녀   제 일이기도 하죠.

박사   (원장 수녀 대사와 맞물리며) …날 어떻게 보고 감히
닦달을 하고….

원장 수녀   전 단지 요청을 드리는 거예요… (공정히 해주십사
하고.)

박사   (원장 수녀 대사와 맞물리며) …협박질에다 무슨 꿍꿍
이 수작인지. 도대체 당신이 뭐라도 된다고 생각해
요? 도대체 당신이 뭐라도 된다고 생각하냐고? 당신
이 그 애에게 한 짓을 듣고 내가 박수라도 쳐줄 줄
알았나 보네.

원장 수녀   그 아이는 어린애가 아니에요.

박사   그 애는 알 권리가 있어요! 신을 믿지 않는 사람들,
당신보다 형편이 괜찮은 사람들로 가득 찬 세상이
있다는 사실을! 평생 그 누구 앞에서도 무릎을 꿇지
않아도 되는 사람들, 여전히 사랑에 빠지고 아기를

낳고 간간히 매우 행복한 사람들의 존재를. 그 아이는 그걸 알 권리가 있어요. 하지만 당신, 그리고 당신의 교단, 당신의 교회는 그 아이를 무지하게 방치했으니….

원장 수녀 그건 거의 불가능한 일이에요…. (설령 우리가 원했다 한들 말이죠.)

박사 …무지는 처녀성 다음이니까요, 맞죠? 가난, 순결, 무지가 당신들 삶의 지침이잖아요.

원장 수녀 난 처녀가 아니에요, 박사님. 전 결혼생활을 23년이나 했어요. 딸이 둘 있고요. 심지어 손주들도 있다고요. 놀랐죠? (침묵) 내가 아내와 어머니로서는 실패한 인생이란 점이 박사님 입장에선 흡족할지도 모르겠네요. 아마도 내 아이들을 그 어떤 것으로부터도 지켜내지 못했기 때문이겠죠. 자궁에서 나와 크고 흉악한 세상으로 떨어져 버렸으니. 더 이상 절 만나려 하지도 않아요. 그게 그 애들의 복수죠. 둘 다 열렬한 무신론자예요. 친구들한테는 내가 죽었다고 하는 것 같아요. 아, 내가 과거의 과오를 만회하기 위해 이런다고 하지는 마세요, 프로이트 박사님.

박사	당신이 그 아이를 도울 수 있어요.
원장 수녀	돕고 있잖아요.
박사	아뇨, 방패막을 쳐주고 있는 거죠. 그 아이가 크고 흉악한 세상과 맞설 수 있도록 해주세요.
원장 수녀	박사님 말이군요.
박사	네, 수녀님이 그렇게 보시겠다면요.
원장 수녀	그래서 무슨 소용이 있죠? 어떤 결정을 내리든 감옥 아니면 정신병원일 테고 그 둘은 거기서 거기일 뿐인데.
박사	또 다른 선택지가 있어요.
원장 수녀	그게 뭐죠?
박사	석방.
원장 수녀	어떻게요?
박사	무죄요. 법적 무죄. 이 사건에서 손을 뗄 수만 있다면 판사도 기뻐할걸요. (침묵)
원장 수녀	그래서 원하는 게 뭐죠?
박사	대답이요.
원장 수녀	물어보시죠.
박사	아그네스가 언제 임신이 됐나요?
원장 수녀	일 년쯤 전에요.

박사	그즈음에 수녀원에 이상한 일은 없었고요?
원장 수녀	지진이요?
박사	방문자요.
원장 수녀	전혀요. 그 애가 평소보다 노래를 더 많이 하긴 했지만 아, 이런.
박사	왜 그러세요?
원장 수녀	시트요.
박사	시트가 왜요?
원장 수녀	그걸 알아봤어야 했는데, 하느님 맙소사, 눈치를 챘어야 했어요.
박사	무슨 말씀이시죠?
원장 수녀	그 아이 침대 시트요. 시트가 사라졌었어요. 수녀님 한 분이 제게 불평하셨거든요. 그래서 아그네스를 불러들였어요. (아그네스 등장) 마거릿 수녀님 얘기가 맨 매트리스 위에서 잔다던데 사실인가요?
아그네스	네, 원장 수녀님.
원장 수녀	왜죠?
아그네스	중세시대에는 수녀들과 수도사들이 관 속에서 잤대요.
원장 수녀	지금이 중세시대는 아니에요, 아그네스 수녀.

아그네스   그분들은 그래서 성자가 됐어요.

원장 수녀   그냥 불편하게 주무셨을 뿐이죠. 잠을 잘 못 잤다면
           그 분들 다 그 다음날 상당히 까칠하셨을 텐데요.

아그네스   네, 원장 수녀님.

원장 수녀   아그네스 수녀, 침대 시트 다 어쨌죠? (침묵) 정말로
           맨 매트리스에서 자는 것이 관 속에서 자는 것과
           같다고 생각하나요?

아그네스   아니요.

원장 수녀   그렇다면 말 해봐요. 시트 어쨌어요?

아그네스   태웠어요.

원장 수녀   왜죠?

아그네스   얼룩이 져서요.

원장 수녀   아그네스 수녀, 월경은 자연스러운 것이지 절대로
           수치스러운 게 아니라고 내가 수련 수녀 모두의 귀
           에 못이 박히게 말했을 텐데요.

아그네스   네, 원장 수녀님.

원장 수녀   복창하세요.

아그네스   생리는 자연스러운 것이지 수치스러운 게 아니다.

원장 수녀   진심을 담아서 해봐요.

아그네스   생리는 자연스러운… (아그네스가 울기 시작한다.)

신의 아그네스
†
64

원장 수녀	몇 년 전에 수녀님 중 한 분이 눈물이 그렁그렁해서 위로를 얻고자 날 찾아왔었죠. 아기를 갖기에는 너무 나이가 많았기 때문에 위로가 필요했어요. 아기를 갖고자 한 건 아니었지만 매달 어머니가 될 수 있다는 가능성을 확인하긴 했으니까요. 그러니 눈물을 닦아요, 아그네스 수녀, 그리고 그런 가능성으로 채워주신 하느님께 감사 기도를 드리세요.
아그네스	그게 아니에요. 그게 아니에요.
원장 수녀	무슨 말이죠?
아그네스	이번 달 생리 때가 아니에요.
원장 수녀	병원에 가볼래요?
아그네스	몰라요, 무슨 일이 일어난 건지 모르겠어요. 원장 수녀님. 일어났더니 시트에 피가 있었지만 무슨 일이 있었는지 이해할 수가 없어요. 제가 뭘 잘못했는지 모르겠어요. 왜 제가 벌을 받아야 하는지 모르겠어요.
원장 수녀	뭐 때문에요?
아그네스	몰라요!
원장 수녀	아그네스 수녀?
아그네스	몰라요!

원장 수녀   노래할까요? 나와 함께요. 뭘 제일 좋아하죠?

         "동정녀 마리아께서 아들을 낳았네…"

아그네스   몰…

원장 수녀   "아, 아 아름다운 아기,

         아, 아, 아, 아름다운 아기…"

아그네스   몰라요.

원장 수녀   "새로 태어나신 왕께 영광을."

아그네스   몰라요.

원장 수녀   "어떤 이는 그분을 예수라 하지만,

         난 그분을 구세주라 하겠네…."

원장 수녀와 아그네스   "아, 아, 난 그분을 구세주라 하겠네,

         아, 아, 아, 난 그분을 구세주라 하겠네.

         새로 태어나신 왕께 영광을"

아그네스   (다음 대사 중에 깔리도록 계속 노래한다.)

         "동정녀 마리아께서 아들을 낳았네…

         아, 아 아름다운 아기,

         아, 아, 아, 아름다운 아기…

         새로 태어나신 왕께 영광을."

원장 수녀   그 아이를 방으로 돌려보냈어요. 그즈음엔 안정을
         찾았거든요. 아무것도 아니라고 하더라고요. 의사

안 보겠다고. 내가 눈치를 챘어야 했어요.

박사   뭘 말인가요?

원장 수녀   그게 시작이었다는 걸요. 그날 밤에 그 일이 있었던 거예요. 그래서 시트를 태웠나 봐요.

박사   그날 밤에 대해서 생각나는 게 또 없나요?

원장 수녀   정확히 어느 날 밤이었는지 확실치 않아요.

박사   알아낼 방법이 없나요?

원장 수녀   수녀원에 제가 쓰는 일지가 있어요.

박사   그때 미심쩍은 일은 없었는지 확인해주실 수 있나요? 지진이나 방문객 같은?

원장 수녀   일지를 살펴보죠.

§ 제9장 §

박사   정신과 의사와 수녀가 죽어서 천국에 갔어요. 천국의 문 앞에서 베드로가 신청서를 작성하라고 해서 그렇게 했대요. 신청서를 보면서 베드로가 말하길 '둘 다 같은 날 같은 해에 태어났구나'. 의사가 '네'하고 대답했죠. '부모님도 같구나'라고 묻자, 수녀가

'네'하고 대답했어요. '그렇다면 너희는 자매로구
나.' 수녀가 알고 있다는 듯 미소로 일관했고 의사만
'네'라고 대답했답니다. 그러자 베드로는 그럼 너희
둘은 '쌍둥이로구나'라고 했죠. 그 둘의 대답은 '아
니요, 우린 쌍둥이가 아니에요.'였어요. '생일, 부모
가 같은 자매들이 쌍둥이가 아니라고?' '네'. 두 사람
은 그렇게 대답하곤 미소 지었죠. 전 이 수수께끼를
폐간된 잡지 33쪽에서 우연히 발견했어요. 그즈음,
전 아그네스가 완전한 무죄라고 확신했어요. 전 누
군가가 아그네스의 아기를 살해했다고 믿기 시작했
죠. 그 사람이 누구이고 그걸 내가 어떻게 증명해
보일지는 나 자신이 만들어 냈고 나만이 풀 수 있는
수수께끼였어요. 하지만 내가 알아낼 수 있는 유일
한 답은 117쪽에 거꾸로 인쇄되어 있었답니다. (침
묵) 그 둘은 세쌍둥이였던 거에요. 전 이중 과제를
떠안았습니다. 법적으로 무죄를 증명해 아그네스를
자유롭게 해주고, 동시에 아그네스를 치료해주고
싶었으니까요.

아그네스   난 안 아파요!

제10장

박사   하지만 힘들잖아요, 그렇죠?

아그네스 그건 선생님이 자꾸 기억을 불러내니까 그렇죠. 선
        생님만 가버리면 전 다 잊을 거에요.

박사   그리고 불행하죠?

아그네스 다들 불행해요! 선생님도 불행하잖아요, 맞죠?

박사   아그네스.

아그네스 맞죠?

박사   때때로 그렇죠.

아그네스 선생님은 선생님한테 뭐라고 하고 항상 착하지만
        은 않았던 엄마가 없어서 운이 좋다고 생각할 뿐이
        에요, 하지만 그건 그냥 선생님 생각이에요, 왜냐
        하면 우리 엄마가 훌륭한 분이었다는 걸 모르니까
        요. 그리고 그걸 알았다 해도 믿지 않았겠죠, 왜냐
        하면 선생님은 엄마가 나쁘다고 생각하니까, 그렇
        잖아요.

박사   아그네스

아그네스 대답해요! 내 말에 대답한 적이 없잖아요!

박사	네, 아그네스 어머니가 잘못했던 적도 있었다고 생각해요.
아그네스	그건 나 때문이었어요! 내가 나빴으니까요, 엄마가 아니라!
박사	아그네스가 무슨 짓을 했는데요?
아그네스	난 항상 나빠요.
박사	뭘 어쨌길래요?
아그네스	(눈물이 그렁그렁해서) 안 돼요!
박사	뭘 어쨌냐고요?
아그네스	내가 숨 쉬니까!
박사	어머니가 무슨 짓을 했나요? (아그네스가 머리를 가로젓는다.) 말하기 싫으면 예, 아니오라고 고갯짓을 하세요. 어머니가 때렸나요? (아니요.) 하기 싫은 일을 하도록 강요했나요? (네.) 그걸 할 때 불편했나요? (네.) 창피했나요? (네.) 아팠나요? (네.) 어머니가 무슨 짓을 시켰는데요?
아그네스	싫어요.
박사	나한테는 말해도 돼요.
아그네스	못해요.
박사	어머니는 돌아가셨어요, 그렇죠?

아그네스	네.
박사	더 이상 상처 주지 못해요.
아그네스	줄 수 있어요.
박사	어떻게요?
아그네스	보고, 듣고 있어요.
박사	아그네스, 그건 못 믿겠어요. 말해보세요. 내가 어머니로부터 지켜줄 테니까.
아그네스	엄마가….
박사	네?
아그네스	엄마가… 나한테… 옷 벗으라고 시킨 다음….
박사	네?
아그네스	…엄마가… 날 놀려요.
박사	못생겼다고 하나요?
아그네스	네.
박사	그리고 바보라고 하고요.
아그네스	네.
박사	아그네스가 실수라고요.
아그네스	엄마가… 내 몸이 온통 다… 실수래요.
박사	왜죠?
아그네스	왜냐하면 엄마 말이… 내가 조심 안 하면… 아기를

가질 거래요.

박사   엄마가 그걸 어떻게 알죠?

아그네스   두통때문에요.

박사   아, 네.

아그네스   그런 다음… 절 만져요.

박사   어딜요?

아그네스   여기 밑에요. (침묵) 담배로요. (침묵) 엄마, 제발. 그
렇게 만지지 마세요. 제가 잘할게요. 더 이상 엄마의
나쁜 아기가 안 될게요. (침묵. 박사가 담배를 끈다.)

박사   아그네스, 뭐 하나만 해줘요. 내가 어머니라고 생각
해줘요. 어머니가 이미 돌아가신 건 잘 알아요, 그
리고 아그네스는 이제 성인이죠, 근데 잠깐만 어머
니가 다시 돌아오셨고 내가 어머니라고 생각해 주
세요. 하지만 이번엔 어떤 기분인지 말 해줘요, 알
았죠?

아그네스   두려워요.

박사   (두 손으로 아그네스의 얼굴을 감싼다.) 부탁이에요, 아
그네스를 돕고 싶어요. 내가 돕게 해줘요. (침묵)

아그네스   알았어요.

박사   아그네스, 넌 못생겼어. 뭐라고 할래요?

아그네스	몰라요.
박사	알면서 왜 그래요. 아그네스, 넌 못생겼어. (침묵) 뭐라고 할래요?
아그네스	아니, 안 그래요.
박사	넌 예쁘니?
아그네스	네.
박사	아그네스, 넌 바보야.
아그네스	아니, 아니에요.
박사	넌 똑똑하니?
아그네스	네, 그래요.
박사	아그네스, 넌 실수야.
아그네스	난 실수가 아니에요! 난 여기 있잖아요, 안 그래요? 내가 진짜로 여기 있는데 어떻게 실수냐고요? 하느님은 실수하지 않아요. 엄마가 실수예요! 엄마가 죽었으면 좋겠어! (침묵)
박사	괜찮아요. 그냥 상상이에요, 알죠? (아그네스가 고개를 끄덕인다.) 고마워요. (아그네스가 울기 시작한다. 박사가 아그네스를 품에 안는다.) 아그네스, 부탁 한 가지만 할게요. 거절해도 돼요, 내 부탁이 안 내키면.
아그네스	뭔데요?

박사	최면을 걸 수 있도록 허락해줘요.
아그네스	왜요?
박사	지금 이야기 못 할 것도 최면을 통하면 가능할 수도 있거든요.
아그네스	미리암 원장 수녀님도 아세요?
박사	미리암 원장 수녀님은 아그네스를 많이 사랑하세요, 내가 아그네스를 사랑하는 만큼. 장담하는데 반대하지 않으세요… (아그네스한테 도움이 되는 건 뭐든.)
아그네스	정말 절 사랑하세요? 아니면 그냥 말뿐인가요?
박사	정말 사랑해요.
아그네스	미리암 원장 수녀님이 사랑하는 만큼요? (침묵)
박사	하느님이 사랑하는 만큼요. (침묵)
아그네스	알겠어요.
박사	고마워요. (박사가 아그네스를 안는다.)
원장 수녀	일지를 가져왔어요.
박사	아그네스. 이제 가도 돼요. (아그네스는 일어나서 원장 수녀의 허락을 받고자 몸을 숙여 인사하고 퇴장한다. 박사는 담배에 불을 붙인다.) 뭐 알아낸 것 있나요?
원장 수녀	박사님은 뭐 알아낸 것 있어요?

박사	아그네스 어머니에 대한 사실을 좀 알아냈죠.
원장 수녀	건강한 분은 아니셨어요, 그렇죠? 물론 그분의 정신건강에 대해선 말씀드릴 수 없지만 육체적으로는….
박사	그분을 아셨어요?
원장 수녀	돌아가시기 전에 연락을 했었죠.
박사	어머니가 돌아가셨을 때 아그네스는 몇 살이었나요?
원장 수녀	17살이요.
박사	어쩌다 수녀님께 보내졌죠?
원장 수녀	어머니께서 요청하셔서… (저희에게 보내 달라고.)
박사	왜 친척에게 보내지 않았죠?
원장 수녀	그렇게 했어요. 아그네스의 어머니는 제 여동생이니까. (침묵)
박사	거짓말을 하셨군요.
원장 수녀	무슨 거짓말이요?
박사	아그네스가 수녀원에 오기 전까지는 만난 적이 없다고 하셨잖아요.
원장 수녀	못 만났어요. 동생과는 터울이 많이 졌으니까요. 사실 걔가 태어나기 전에 이미 전 결혼한 몸이었죠.

동생은 소문난 문제아였어요. 일찍부터 집을 나가버렸어요. 연락도 끊겼고요. 남편이 죽고 제가 수녀원에 들어온 후에 그 아이가 저에게 다시 편지를 쓰기 시작했어요. 아그네스 얘기를 하면서 자기한테 무슨 일이 생기면 돌봐달라고 하더라고요.

박사   아그네스의 아버지는요?

원장 수녀   수많은 남자들 중에 한 명이겠죠, 제 동생 말을 빌리자면요. 아그네스가 자신의 전철을 밟을까 두려워했어요. 그걸 막으려 뭐든 했으니까요.

박사   학교도 안 보내고요.

원장 수녀   네.

박사   천사의 음성도 듣고요.

원장 수녀   술을 엄청나게 마셨어요. 그래서 죽었죠.

박사   그 사람이 아그네스한테 무슨 짓 했는지 아세요?

원장 수녀   전 딱히… (알고 싶진 않아요.)

박사   성추행을 했다고요. (침묵)

원장 수녀   오, 주님.

박사   겉으로 보이는 게 전부가 아니네요, 안 그래요? 구질구질한 비밀이 정말 많군요. 시트를 들췄더니 뭐가 나왔죠? 조카네요.

원장 수녀   중요치 않은 것 같아 말 안 했는데요.

박사   아뇨, 그래서 당신은 책임이 두 배죠, 안 그래요?
       피는 물보다 진하니까요, 그렇죠?

원장 수녀   아그네스가 얼마나 힘들었을지 알기만 했어도….

박사   모르긴 뭘 몰라요? 미치겠네, 애 엄마가 학교도 안
       보낸 것 알았잖아요. 알코올 중독자인 것도 알았다
       면서요.

원장 수녀   그건 나중에… (알았어요.)

박사   왜 동생을 말리지 않았나요?

원장 수녀   몰랐다고요! 그건 대답이 안 되겠죠, 그렇죠? (침묵)

박사   일지에서 뭘 찾으셨나요?

원장 수녀   제게 침대 시트 얘기를 했던 그 일요일에 아그네스
       가 아팠어요, 저와 얘기하기 전에요. 그때 시트를
       태웠다면 얼룩은 토요일 밤에 생겼겠죠. 안타깝게도
       그날 밤에 연세가 많았던 수녀님 한 분이 돌아가셨
       어요. 그 날 방문자 관련 기억은 없어요. 전 병실에
       있었어야 했으니까요.

박사   그날 밤 종부성사가 있었나요?

원장 수녀   네, 당연하죠.

박사   그럼 마셜 신부님도 계셨겠네요.

제1막
✝
77

원장 수녀   네, 하지만 그건 믿기 힘든데요…. (마셜 신부님이 그랬다니.)

박사   누군가는 그 아기에게 책임이 있을 것 아니에요. 마셜 신부님이 아니라면 또 누가 있나요? (침묵) 뭐, 곧 알게 되겠죠. 아그네스가 최면요법에 동의를 했어요.

원장 수녀   제 동의는요?

박사   21살이에요. 보호자는 필요 없어요.

원장 수녀   하지만 그 아이는 저에게 먼저 허락을 구해야 했어요.

박사   수녀님은 거부하신단 뜻인가요?

원장 수녀   아직 결정한 바 없는데요.

박사   한 여자의 건강 상태가 위태로워요.

원장 수녀   영적 건강 상태겠죠.

박사   전 그따위 것은 안중에도 없어요… (영적 건강 상태는 무슨.)

원장 수녀   그러시겠죠.

박사   판결이나 받고 마무리하자는 말이잖아요. 전 아직 그렇게는… (못 하겠는데요.)

원장 수녀   제 말은 박사님은 아름답고 순진한 여자를….

박사   불행한 여자겠죠.

원장 수녀   하지만 저희와 행복했었다고요. 그냥 두면 계속 행
         복할 수 있어요.

박사   근데 왜 처음부터 경찰을 부르지 않았죠? 왜 아기를
         그냥 소각로에 던져버리고 전부 무마해 버리지 않았
         나요?

원장 수녀   난 윤리적인 사람이니까, 그래서죠.

박사   개소리!

원장 수녀   개소리는 당신이 하잖아!

박사   윤리가 가톨릭교회의 전유물은 아니죠, 수녀님.

원장 수녀   누가 언제 가톨릭교회 얘기를 하자고 했나요?

박사   방금 그러셨잖아요…. (본인이…)

원장 수녀   도대체 가톨릭 교회가 박사님한테 뭘 어쨌다고 이
         난리냐고요?

박사   아무것도 안 했죠, 전혀.

원장 수녀   우리가 무슨 상처라도 줬나요?

박사   (말을 시작하며) (전혀.)

원장 수녀   부정하지 마세요. 아, 저는 가톨릭 신자였던 사람은
         한눈에 알아봐요. 우리가 뭘 어쨌길래요? 이단 몇
         명 태워 죽였다고요? 면죄부 좀 팔아서? 하지만 그
         건 다 교회에 권력이 있었던 시절 얘기죠. 지금은

정부가 그런 일을 하잖아요.

박사   단지 예전의 권력이 지금은 없다고 해서….

원장 수녀   아, 전 권력 집단으로서의 교회에는 관심이 없어요, 박사님. 교회의 소박함과 평화에 관심이 있답니다. 요즘엔 어떤 집단에서도 그런 것들을 찾기가 정말 어렵죠. 그러니 말씀해 보세요. 우리가 박사님께 무슨 짓을 했나요? 15살 때 차 뒷좌석에서 뜨겁게 키스하고 싶었는데 죄악이라서 못 했나요? 그래서 그런 사소한 규칙 하나를 문제 삼는 대신에….

박사   섹스 문제가 아니었어요. 뭐가 많았지만 섹스는 아니었어요. 그 시작은 제가 1학년 때 친구가 등굣길에 시멘트 트럭에 치여 죽었을 때였죠. 수녀 얘기가 아침 기도를 하지 않아서 그랬대요.

원장 수녀   멍청한 여자네.

박사   맞아요.

원장 수녀   그게 다예요?

박사   그게 다냐고요? 그거면 충분하죠. 정말 아름다운 아이였어요…. (그 아이의 죽음을 그런 식으로 무마시키다니…)

원장 수녀   근데 그게 무슨 상관이죠?

박사   난 안 예뻤다고요! 그 애는 예뻤는데 죽었어요. 왜

         내가 아니죠? 나도 아침 기도 안 했는데요. 게다가

         난 못생겼었어요. 평범한 게 아니라 못생겼었다고!

         뚱뚱했어요[14]. 뻐드렁니에다가 귀가 여기까지 나와

         있었고 주근깨가 얼굴을 뒤덮었었죠. 메리 클레투스

         수녀님이 날 점박이 리빙스턴이라고 불렀었다니까

         요. (자신을 비하하는 내용인데도 박사는 웃는다.)

원장 수녀   주근깨 때문에 가톨릭을 버렸어요?

박사   아뇨, 왜냐하면…. 네, 주근깨 때문에 가톨릭을 버렸

         어요. 근데 이거 아세요?

원장 수녀   뭐요?

박사   (미소지으며) 그래서 수녀도 싫어해요.

         아그네스의 노랫소리가 들려온다, 지시가 있기 전까지는 허밍으로 한다.

아그네스   *거룩하시다, 거룩하시다, 거룩하시다,*

         온 누리의 주 하느님!

---

14. 배우의 체형에 따라 "비쩍 말랐어요."로 대체가능하다.

그 영광이 하늘과 땅에 가득하네.

저 높은 곳에서 호산나!

주의 이름으로 오시는 이여,

찬미 받으소서!

가장 높은 곳에서 호산나!

박사   아그네스의 노래가 수녀님께 왜 그리 중요하죠?

원장 수녀   어렸을 때, 수호천사와 이야기를 나누곤 했어요. 아, 쩌렁쩌렁한 기적의 목소리를 들었다는 얘기가 아니라 상상의 친구를 둔 애들이 있듯이 나도 천사와 대화를 나눴다고요. 아그네스의 어머니와 다를 게 뭐냐 하겠지만, 그때 난 훨씬 어렸었고, 또 난 아그네스의 어머니가 아니에요. 어쨌든, 6살 때 더 이상 그 목소리를 듣지 않았고 천사도 이야기를 멈춰버렸어요. 하지만 선원이 바다를 기억하듯 나도 그 목소리를 기억했죠. 난 어른이 되어, 사랑에 빠져 결혼을 했고 또 사별을 했으며 수녀원에 들어왔다가 순식간에 원장 수녀가 됐거든요, 어느 날 나 자신을 바라보니 불행한 결혼의 생존자, 화가 난 두 딸의 어머니, 그 어떤 확신도 없는 수녀일 뿐이더라고요. 심지어는 천국에 대한 확신도 없어요, 리빙스턴 박사님. 하느님에 대해서도요. 그러던 어느 날 저녁, 수녀원 담벼락 옆 들판을 걷고 있는데 웬 목소리가 들려 올려다봤더니 견습 수녀 중 하나가 자신의 방 창가에서 노래를 하고 있더군요. 아그네스였어요, 아름다웠죠, 그 순간 하느님과 저 자신에 대한 의심이 모두 사라졌어요. 전 그 목소리를 알아들었거든요. (침묵) 내게서 그것을 다시 빼앗지 말아 주세요, 리빙스턴 박사님. 6살 이후의 제 삶은 절망적이었어요.

박사 　제 동생은 수녀원에서 죽었어요. 저것은 그 아이의 목소리예요. (아그네스가 노래를 멈춘다. 침묵.) 제 담배가 아직도 거슬리시나요?

원장 수녀 　아니요, 그냥 옛날 생각이 나네요.

박사 　하나 드릴까요?

원장 수녀 　저도 그러고 싶지만 괜찮아요.

박사 　여러 해 전, 금연 열풍이 시작됐을 때, 저도 끊을 결심을 했었죠. 그때만 해도 하루에 몇 개비나 피우는지 셀 수도 없었어요, 근데 종이 성냥을 하루에 한 권씩 썼더라고요. 그래서 성냥 사용량을 줄인다는 기발한 계획을 세웠죠. 처음엔 반 권, 그다음엔 4분의 1권, 그다음엔 하루에 2~3개비. 근데 이것

보세요. 이젠 손에 담배가 없으면 먹지도 못해요.
결혼식이나 장례식, 연극공연이나 연주회는 가지도
못하고요. 그런데 어떤 땐 성냥 한 개비로 14시간도
버틸 수 있다니까요. 대단하지 않아요? 성인들도
담배를 피웠을까요, 담배가 인기가 있긴 했을까요?

원장 수녀　당연히 그랬겠죠. 물론 고행자들은 아니었겠지만,
음, 성 토마스 모어는….

박사　팔리아멘트[15].

원장 수녀　성 이냐시오는, 제 생각에는, 카멜[16]을 피우다가 꽁
초를 맨발바닥에 끄셨을 것 같네요. 물론 십이사도
들은–

박사　말아 피우는 담배.

원장 수녀　네, 예수님도 접대차원에서 좀 피우셨겠죠.

박사　성 베드로는, 오리지널 말보로 맨이죠.

원장 수녀　막달라 마리아는요?

박사　버지니아 슬림[17].

---

15. "Parliaments". 영국 의회를 뜻하기도 한다. 유토피아의 작가 성인 토마스 무어는
영국의 법률가였으며 의석을 차지하기도 했다. 그런 그의 삶을 빗대어 한 일종의 말장난이
다. 다른 담배이름도 다 비슷한 방식으로 성인들과 연관되어 있다.

16. "Camel". 필터 없는 담배.

원장 수녀	잔 다르크 성녀는 씹는 담배인 메일 파우치[18].
박사	(담배를 한 모금 빨고) 요즘 성인들은 어떤 담배를 피울까요?
원장 수녀	이젠 성인은 없어요. 선량한 사람들이야 있죠. 그런데 보기 드물게 선량한 사람은 심각하게 부족하죠.
박사	그런 사람들이 존재하긴 했다고 보세요? 보기 드물게 선량한 사람들이요?
원장 수녀	네, 그래요.
박사	수녀님도 그렇게 되길 바라세요?
원장 수녀	그렇게 된다고요? 성인은 태어나는 거에요. 요즘엔 아무도 성인으로 태어나지 않을 뿐이죠. 인간이 너무 진화해 버렸어요. 너무 복잡해져 버렸죠.
박사	하지만 노력해볼 순 있지 않나요, 선량한 사람이 되려고요?

---

17. 원문은 '버지니아 슬림'이라는 상품명이 아니라 "You've come a long way(장족의 발전을 했다)."이다. 이 문장은 필립 모리스에서 최초로 여성을 타깃으로 출시한 '버지니아 슬림'의 슬로건이다. 이 담배의 광고물들은 어떤 압박에서도 자유로운 여성의 이미지를 표방한다.

18. "Mail Pouch". 메일 파우치는 유명한 씹는 담배 브랜드. 잔 다르크가 신의 계시를 받고 그 계시를 왕에게 알리는 일종의 메신저 역할을 하는 것을 빗대 'Mail Pouch(우편가방)'으로 받았다.

원장 수녀　아, 네, 하지만 선량함과는 별 상관이 없어요. 성인들이 모두 선량했던 건 아니에요. 사실, 대부분 약간 미쳤었죠. 하지만 그분들의 마음은 하느님과 함께였어요. 태어나면서부터 하느님의 손에 맡겨졌죠. 천국의 기억을 가지고 태어나는 아이들 뒤에 매달려 있던 천상의 찬란한 구름[19]은 더 이상 없어요. 그저 태어나고, 살다가, 죽어요. 가끔은 우리 중에도 여전히 하느님과의 연결고리를 가진 사람이 나타나기도 해요. 하지만 우린 그 고리를 바로 끊어버리죠. 여기선 별종은 안 되니까. 우린 모두 속이 꽉 차고 분별 있는 남녀들이에요, 현실적이고 은행에 돈도 있는, 순수함은 발밑에서 짓밟혔고요. 해부당한 마음과, 찢겨 까발려진 몸으로 우리는 '영혼은 없다, 망상이었던 게지', 하늘을 올려다보면서도 우리는 '하느님은 저기 없다, 천국도, 지옥도'라고 하죠. 지금이 훨씬 낫잖아요. 일단 질병부터 줄었으니. 기적이 발붙일 곳은 없어요.

---

19. "trailing clouds of glory". 윌리엄 워즈워드의 *"Intimations of Immortality from Recollections of Early Childhood"*: *Not in entire forgetfulness*에 나오는 구절. 어린 시절에 천국을 기억하던 우리들이 어른이 되면서 그 기억을 서서히 잊어간다는 내용이다.

하지만요, 전 얼마나 기적이 그리운지 몰라요.

박사   기적이 정말 일어났었다고 믿으세요?

원장 수녀   당연하죠. 저는 2천 년 전 오병이어의 기적을 의심하
는 만큼이나 또 굳게 믿거든요. 우린 논리에서 얻은
것들을 신앙에서 잃었어요. 우리에게 그 어떤… 원
초적인 기적은 더 이상 없어요. 요즘 세상에선 그나
마 잠자리에서나 기적 비스무리한 것을 느끼니까.
그래서 거기에 모든 것을 다 걸죠. 희미하게 남아
가까스로 우리 영혼에 붙어서 주님과 우리를 묶어줄
작은 불씨까지 다요.

박사   성인들도 애인이 있었죠.

원장 수녀   네, 성인들도 애인이 있었죠, 하지만 그분들은 밧줄
로 묶여있었어요, 요즘엔 실낱이죠.

박사   아그네스는 하느님과 연결고리를 가지고 있다고 믿
으시나요?

원장 수녀   그 아이 노랫소리를 들어보세요.

박사   시작할 시간이에요.

원장 수녀   뭘 말인가요?

박사   최면요법이요. 아직도 반대하시나요?

원장 수녀   그럼 안 하실 건가요?

박사   아니요.

원장 수녀   제가 있어도 될까요?

박사   네, 물론이죠.

원장 수녀   그럼 시작하시죠.

　암전

INTERMISSION

제2막

✝

§ 제1장 §

아그네스   (노래하며)

키스해 주세요, 내 사랑

사랑을 위해서요, 이렇게 애원하잖아요.

난 할 수 없어!

왜요?

내가 미친 짓을 하면

우리 어머니가 슬퍼할 테니까

그게 이유야!

박사   최면요법을 하기까지 몇 주가 걸렸어요, 몇 분이 아니라. 하루에 한 시간씩 도벽광과 노출광 사이. 점심 식사와 저녁 식사 사이. 추잡한 토크쇼와 심각한 저녁 뉴스 사이. 잠들지 못했던 밤들 사이. 끝없던 주말들 사이에서 일정 간격을 두고 오갔죠. 하지만 제 기억들은, 아, 너무 쉽게 오더군요. 때때로 그것들은 제가 문장을 끝낼 틈도 주질 않았죠. 생각 도중에 전속력으로 뛰쳐나와요. 그 생각만 끝낼 수 있어도 내 기억들은… (사라질 텐데.)

§ 제2장 §

아그네스	저 겁나요!
박사	겁내지 말아요. 아그네스가 원치 않는 말이나 행동을 하도록 만들 수는 없으니까. 편안히 앉으세요. 좋아요. 이제 천사들의 합창을 듣고 있다고 상상해 보세요. 그 음악은 정말 아름답고 생생해서 만질 수 있을 것 같아요. 따뜻하고 편안한 물처럼 아그네스를 감싸오네요. 물속이라고 느끼지 못할 정도로 따뜻해요. 몸 안의 모든 근육이 물속으로 녹아들어가요. 물이 턱밑까지 차 있어요. 하지만 기억해요, 그 물은 음악이에요, 가라앉는다 해도 자유롭게 깊이 숨 쉴 수 있어요. 자, 이제 물이 턱까지 차오릅니다. 입으로, 코로, 그리고 눈까지 차올라요. 눈을 감아요, 아그네스. 고마워요. 내가 3을 세면, 깨어나는 거예요. 내 말 들리죠?
아그네스	네.

박사   내가 누구죠?

아그네스   리빙스턴 박사님.

박사   내가 왜 여기 있나요?

아그네스   저를 도와주시려고요.

박사   좋아요. 아그네스가 왜 여기 있는지 말해 줄래요?

아그네스   왜냐하면 제가 사고를 쳤어요[20].

박사   어떤 사고죠? (침묵) 어떤 사고인가요, 아그네스?

아그네스   겁나요.

박사   뭐가요?

아그네스   박사님한테 말하기가요.

박사   쉬워요. 말은 소리가 나오는 숨일 뿐이에요. 말해
        봐요. 어떤 사고를 쳤죠, 아그네스?

아그네스가 몸부림치다가 말을 꺼낸다.

아그네스   아기를 낳았어요. (침묵)

박사   아기를 어떻게 낳았나요?

----

20. "because I am in trouble". 'in trouble'은 곤경에 빠지다, 벌받을 짓을 하다
외에도 처녀가 임신을 했다는 의미도 있다.

아그네스   제 몸에서 나왔어요.

박사   아기가 나올 걸 알았나요?

아그네스   네.

박사   아기가 나오기를 바랐나요?

아그네스   아니요.

박사   왜요?

아그네스   무서웠으니까요.

박사   왜 무서웠나요?

아그네스   전 자격이 없었으니까요.

박사   엄마가 될 자격이요?

아그네스   네.

박사   왜요?

아그네스가 조용히 울기 시작한다.

아그네스   이제 눈 떠도 될까요?

박사   아직은요. 곧 뜨게 해 줄게요, 근데 아직은 아니에
           요. 아기가 어떻게 몸속으로 들어왔는지 아세요?

아그네스   자랐어요.

박사   어떻게 아기가 자랐죠? 알고 있나요?

아그네스	네.
박사	말해줄래요?
아그네스	아니요.
박사	처음부터 아기가 나올 줄 알았나요?
아그네스	네.
박사	어떻게 알았죠?
아그네스	그냥 알았어요.
박사	그래서 어떻게 했죠?
아그네스	우유를 많이 마셨어요.
박사	왜요?
아그네스	아기한테 좋으니까요.
박사	아기가 건강하길 바랐나요?
아그네스	네.
박사	근데 왜 의사한테는 안 갔죠?
아그네스	아무도 안 믿어줄 테니까요.
박사	아기를 낳을 것이란 사실을요?
아그네스	아니요, 그것 말고요.
박사	뭘 안 믿어줬을까요? (침묵) 아그네스, 아기에 대해 아는 사람이 또 있었나요?
아그네스	네.

박사	누구죠?
아그네스	말하기 싫어요.
박사	그 사람한테 말해줬나요, 아니면 그 사람이 추측한 건가요?
아그네스	추측했어요.
박사	수녀님들 중 한 분이시군요.
아그네스	네.
박사	아그네스가 이름을 말하면 그분이 화내실까요?
아그네스	말 안 하겠다고 약속하게 했거든요.
박사	알았어요, 아그네스, 곧 눈을 뜨라고 할게요. 눈을 뜨면 수녀원에 있는 본인의 방이 보여요. 지금은 아그네스가 아팠던 4개월쯤 전 밤이에요. 저녁 6시 경이고요.
아그네스	무서워요.
박사	무서워 말아요. 내가 있잖아요. 괜찮죠?
아그네스	네.
박사	그날 저녁 잠들기 전에 뭘 했었는지 말해주세요.
아그네스	식사요.
박사	저녁으로 뭘 먹었나요?
아그네스	생선이요. 꼬마 양배추랑.

박사   꼬마 양배추 싫어하나요?

아그네스   너무 싫어요.

박사   또 뭘 먹었죠?

아그네스   커피 약간이요. 디저트로 셔벗도 좀 먹었어요. 특식
          이었죠.

박사   그다음에는요.

아그네스   다 같이 일어나서 식탁을 치우고 저녁기도를 하러
          예배당으로 갔어요.

박사   그랬어요?

아그네스   전 일찍 나왔어요. 몸이 별로 안 좋았거든요.

박사   무슨 일이었나요?

아그네스   그냥 피곤했어요. 우유를 마시고 나서… (자러 갔어
          요.)

박사   누가 우유를 갖다줬죠?

아그네스   마거릿 수녀님이었던 것 같아요.

박사   아기에 대해 알았던 분이 마거릿 수녀님이었나요?
          (침묵) 좋아요, 아그네스, 이젠 자기 방으로 가는 거
          에요, 준비됐어요?

아그네스   네.

박사   눈을 뜨고 그날 밤에 본 것들을 보세요. 뭐가 보이죠?

아그네스   내 침대요.

박사   그리고 또 뭐가 있죠?

아그네스   의자 하나.

박사   그게 어디에 있어요?

아그네스   여기요.

박사   또 다른 건 없나요?

아그네스   십자가요.

박사   침대 위쪽에요?

아그네스   네.

박사   그 밖에는요? (침묵) 아그네스? 뭐가 보이죠? 뭔가
          다른 게 있나요?

아그네스   네.

박사   평소에는 방에 없던 건가요?

아그네스   네.

박사   그게 뭐죠?

아그네스   쓰레기통이에요. (침묵)

박사   누가 거기에 가져다 뒀는지 알아요?

아그네스   아니요.

박사   그게 왜 거기 있다고 생각하죠?

아그네스   거기에 토하라고요.

박사	어디 아픈가요?
아그네스	네.
박사	어떻게 아픈가요?
아그네스	배가 아파요. 유리를 삼킨 것 같은 느낌이에요. (진통이 와서 배를 부여잡는다.)
박사	뭘 하고 있나요?
아그네스	토해야겠어요. (구토 시도를 한다.) 안 나와요. (진통) 유리예요! 수녀님들 중 한 분이 저한테 유리를 먹인 거예요!
박사	어떤 분이죠?
아그네스	어떤 분인지 저도 몰라요. 다 질투해요. 그래서 그래요.
박사	뭘 질투하는데요?
아그네스	저를요! (진통) 오, 하느님. 오, 하느님. 물이에요. 온통 다 물이에요!
박사	왜 아무도 오지 않나요?
아그네스	아무도 제 소리를 못 들어요.
박사	왜요?
아그네스	다들 저녁기도 갔어요.
박사	사람들을 부를 수 있나요?

아그네스	아니요. 이 건물 반대편엔 아무도 없어요. (진통) 아, 안 돼, 제발. 제발. 이런 일이 일어나선 안 돼요. 이럼 안 돼.
박사	어디에 있죠?
아그네스	침대요. (진통) 오, 하느님. 하느님. (급작스럽게 숨을 들이마신다.)
박사	왜 그래요?
아그네스	나한테서 떨어져요.
박사	누구죠?
아그네스	저리 가요! 여기서 나가라고!
박사	방에 누가 있나요? 아그네스?
아그네스	나한테 손대지 말아요! 손대지 말아요! 제발요! 제발 손대지 말라고! (진통) 싫어, 지금 아기 낳기 싫단 말이야. 싫다고! 왜 내가 이런 일을 겪게 만들어요? (진통, 비명을 지르기 시작한다.)
박사	괜찮아요, 아그네스. 아무도 아그네스를 해치지 않아요.
아그네스	내 아기를 해칠 거잖아요! 내 아기를 빼앗아 갈 거면서! (진통)
원장 수녀	못하게 해요, 저러다 자해하겠어요!

박사	안돼요, 그냥 두세요…. (지금은 일단.)
원장 수녀	(급히 아그네스에게로 가서) 전 이걸 계속 못… (하겠어요.)
박사	안돼요!

원장 수녀가 아그네스를 건드리자 아그네스가 비명을 지르며 원장 수녀를 때리고 밀쳐낸다.

아그네스	내 아기를 빼앗으려는 거잖아! 아기를 빼앗으려는 거야! (비명과 진통) 안에 있어! 제발 안에 그대로 있으라고! (강력한 마지막 진통이 몇 번 더 온다.)
원장 수녀	그만해요! 쟬 좀 도와주세요!
아그네스	나쁜 년! 내 잘못이 아니에요, 엄마. 창녀! 실수라고요, 엄마. 거짓말쟁이!
박사	아그네스, 괜찮아요. 하나, 둘, 셋. 다 괜찮아요. (아그네스가 편안해진다.) 나에요, 리빙스턴 박사. 괜찮아요. 고마워요. 고마워요. 기분이 어때요?
아그네스	겁나요.
박사	그날 한 번만으로도 충분히 괴로웠는데, 그렇죠?
아그네스	네.

박사   방금 무슨 일이 있었는지 기억해요?

아그네스   네.

박사   좋아요. 일어설 수 있겠어요?

아그네스   네. (일어선다.)

박사   그래요.

아그네스가 박사를 끌어안는다. 퇴장하면서 노래를 시작한다.

아그네스   *은총으로 가득하신 성모님이시여, 찬양하옵니다!*
         하느님께서 함께하시니 여인 중에 복되시며,
         태중의 아들 예수 또한 복되시도다!

원장 수녀   아그네스에 대한 판단이 섰겠군요, 그렇죠?

박사   정서적으로 불안한 젊은 여성이죠, 하지만… (그게
         전부는 아닌 것 같아요.)

원장 수녀   당신이 할 일은 끝났어요.

박사   법원 입장에서는요, 맞아요, 하지만 저 개인적으로
         는

원장 수녀   개인적으로요? 개인적으로 개입하라는 얘기는 없었
         을 텐데요.

박사   이미 그러는 중인데요.

원장 수녀	당장 발 빼세요! 아그네스한테 정신과 의사를 찾아 줘야 한다면, 우리가 알아서 할 테니까요.
박사	수녀님 입맛에 맞는 질문만 하는 사람으로 찾겠죠.
원장 수녀	이 문제를 객관적이고 사려 깊게 접근할 분일 겁니다!
박사	수녀님을 위해서요?
원장 수녀	아그네스를 위해서요.
박사	아직도 제가 관여하면 망가질 것 같은가요…. (아그네스가 가진 특별한 아우라가요?)
원장 수녀	아그네스는 비범한 아이에요, 박사님.
박사	그렇다고 그 아이가 성인(聖人)은 아니죠.
원장 수녀	그렇다고 말한 적 없는데요.
박사	하지만 그렇게 믿고 계시잖아요, 아닌가요?
원장 수녀	하느님의 은총을 받은 아이란 사실은요, 네, 그래요.
박사	그걸 저에게 증명해 보세요! 노래를 하죠. 그게 특별한가요? 헛것을 보고 거식을 하고 이유 없이 피를 흘리죠. 그렇다면 차라리 은총을 받지 않는 편이 낫지 않을까요? 저도 기적이었으면 좋겠어요! 기적 그 자체요. 그럼 아그네스를 내버려 둘게요. (침묵)

제2막
†
103

원장 수녀   아기 아버지 말이에요.

박사   누구죠?

원장 수녀   꼭 누가 있어야 하나요?

박사   (웃으며) 당신 가족들만큼이나 미쳤군요.

원장 수녀   이게 사실일지는 모르겠지만, 전… (가능할지도 모른다고 생각해요.)

박사   어떻게요?

원장 수녀   저도 잘… (모르겠어요.)

박사   커다랗고 하얀 비둘기가 창문으로 들어왔을 거라고 생각하세요?

원장 수녀   아니요, 그건 말도 안 되죠.

박사   좀 무섭지 않아요? 예수님의 재림이 히스테리에 걸린 수녀 때문에 불발됐다니.

원장 수녀   그건 재림이 아니에요, 리빙스턴 박사님. 제 말을 곡해하지 마세요.

박사   하지만 방금 그러셨잖아요…. (아기 아버지가 없다고.)

원장 수녀   만약에 그게 사실이라면 - 제 말은 만약에요 - 이건 그저 살짝 기적적이자 과학적인 사건에 지나지 않을까 싶은데요.

박사   지나지 않는다고요? 이보세요, 수녀님, 내가 그런 쓰레기 같은 소리를 믿을 거라고… (생각하는 건 아니죠?)

원장 수녀   믿고 싶은 것만 믿으세요. 제가 이 얘기를 한 건… (기적을 원하신다니까.)

박사   이게 무슨 과학의 기적이라면 타당한 설명이 수반되어야겠죠.

원장 수녀   하지만 기적은 설명이 불필요한 일이잖아요. 그렇기 때문에 당신 같은 사람들이 믿지 못하겠죠, 설명을 필요로 하니까, 그리고 답이 없으면 만들어 내야 직성이 풀리니까.

박사   도대체 무슨 말씀이세요?

원장 수녀   답이 없는 질문들 말이에요. 당신들이 말하는 그 사소한 모순들도 사실 세상의 이치일 뿐이에요.

박사   미쳤군요.

원장 수녀   마음이란 실로 대단해요, 리빙스턴 박사님. 저만큼 잘 아시잖아요. 사람들은 숟가락도 구부리고 시계도 멈추죠. 동양의 궁수는 화살의 가운데를 맞혀서 반으로 갈라놓죠, 연이어서 말이에요. 우린 아직 마음의 잠재력에 대한 탐구를 시작도 안 했어요.

만약 그 아이가 못도 없이 손바닥에 구멍을 낼 수 있다면 자궁 속 작은 세포도 분열시킬 수 있지 않을까요?

박사   히스테리성 단성생식, 이걸 말씀하시는 건가요?

원장 수녀   단성 뭐라고요?

박사   하등동물 암컷이 자가 생식하는 현상을 말하죠.

원장 수녀   내가 그걸 생물학적으로 이해했다는 건… (아니고)

박사   개구리도 가능한데 아그네스라고 못할 것도 없겠죠.

원장 수녀   2000년 전, 어떤 사람들은 한 남자가 아버지 없이 태어났다고 믿었어요. 오늘날에 와선 이성적인 사람이라면 그 일을 무턱대고 받아들이진 않겠죠. 우린 답을 원합니다, 네, 그게 과학의 본질이니까요, 하지만 인류가 제시한 답들을 보세요. 빛줄기를 타고 한 여인에게 온 천사, 히스테리성 단성생식. 그런 것들이 정답이라면 그 답들은 다 미쳤어요. 그것들이 정답이라면, 당신 같은 사람들이 기적을 믿지 않는 것도 무리는 아니죠.

박사   처녀 수태는 바람피우다 지레 겁먹은 아내가 남편한테 하는 거짓말이라고요.

원장 수녀   아, 그럴듯한 설명이군요. 당신이 찾는 게 그런 거죠? 그럴듯함! 하지만 의문을 갖는 것 또한 과학의 본질이라고 생각해요, 그렇다면 어차피 답도 다 못 찾을 텐데 개의치 않고 계속 질문을 던질지 의문이네요.

박사   답을 찾을 수 있다니까요.

원장 수녀   찾아볼 수는 있겠죠. 거기엔 차이가 있어요. 그날 밤, 수녀원에 남자라고는 한 명도 없었어요, 그리고 어떤 남자도 들어오거나 나갈 수도 없었고요.

박사   그래서 하느님이 그랬단 말씀이시네요.

원장 수녀   아니요! 그건 마셜 신부님이 그랬다는 것과 다를 게 없어요. 내 말은 하느님이 허락하셨다는 겁니다.

박사   그 일이 어떻게 일어났냐고요?

원장 수녀   모든 것의 답을 찾을 수는 없을 거예요, 박사님. 1 더하기 1은 2죠, 네, 하지만 그게 4가 됐다가 8이 되고 곧 무한대가 되죠. 과학이 경이로운 건 그것이 주는 답 때문이 아니라 그것이 들춰내는 질문 때문이에요. 과학이 하나의 기적을 설명할 때마다 1만 개의 기적이 나타날 거예요.

박사   전 수녀님이 오늘은 기적을 안 믿으시는 줄 알았는데요.

원장 수녀	하지만 전 믿고 싶어요. 전 믿을 기회를 원해요. 전 믿기로 하고 싶어요.
박사	수녀님은 거짓을 믿기로 한 거에요. 아그네스가 강간당했거나, 유혹 당했거나, 혹은 유혹을 했다는 사실을 회피하려 하시니까요.
원장 수녀	아그네스는 무고합니다.
박사	그렇다고 그 아이가 불가사의는 아니에요. 아그네스의 행동 모두 현대 정신의학으로 설명 가능하니까요. 그 아이는 히스테리성이에요. 어린 시절 성추행을 당했죠. 아버지는 없었고 알코올 중독인 어머니를 뒀었죠. 17살 때까지는 집에 갇혀 있었고 21살 때까지는 수녀원에 갇혀 있었죠. 불 보듯 뻔하잖아요.
원장 수녀	박사님은 그렇게 믿으시는 거네요, 그 아이가 단지 심리학적 요소들의 집합체라고요?
박사	전 그렇게 믿어야만 해요.
원장 수녀	그럼 왜 그 아이에게 그렇게 집착하시죠? (침묵) 잠도 못 자고, 그 아이 생각뿐이고, 기를 쓰고 구하려 하잖아요. 왜죠? 제가 묻긴 했지만 답은 필요 없어요. 비난하려는 게 아니라 확인하려는 것뿐이니까. 증상

이 상당히 비슷해요. 내가 잘 알죠. 이 병에 있어서는 내가 전문가니까요. 우린 한배를 탔어요, 박사님과 나. **(침묵)**

박사 그러니까 수녀님 말씀은 신이 허락한 일이다….

원장 수녀 아마도요.

박사 아마도 아기를 갖도록 허락했다….

원장 수녀 직접 내려주신 것은 아니고요.

박사 직접 내린 것은 아니되 남자 없이 그냥 아이가 생겼다.

원장 수녀 전 그렇게 믿고 싶어요, 네.

박사 증거도 없이요?

원장 수녀 물론 증거도 없이요. 처녀성을 증명할 완벽한 증거란 없습니다. 처녀가 아니라는 사실을 증명할 방도가 없다는 점 외에는요.

박사 그렇다면 임신했던 날 밤 피 묻은 침대 시트는 어떻게 설명하실 건가요?

원장 수녀 설명 못 해요.

박사 그리고 아기는 왜 죽었을까요?

원장 수녀 전… **(모르겠어요.)**

박사 신이 실수를 했고 그걸 바로잡으려 했다고 생각하나요?

제2막
†
109

원장 수녀	말도 안 되는 소리… (말아요.)
박사	아니면, 이게 다 유언비어거나 은폐 공작이거나 아니면 나를 오도하려는 시도인가요?
원장 수녀	제가 왜 그런 짓을 하겠어요?
박사	왜냐하면 이건 살인이니까요.
원장 수녀	살인이요?
박사	아그네스가 무죄라고 믿으시죠. 저도 믿어요, 아그네스가 무죄라고. 수녀님처럼 저도 증거는 없어요. 하지만 그걸 찾는 중이고 정말 있다면 제가 찾고 말 거예요.
원장 수녀	이 일을 한낱 미궁 속 살인사건 취급하지 말아요, 박사님.
박사	좀 전에 그 아이 얘기가 걱정스럽지 않으세요? 그때 방 안에 있었다는 사람 말이에요?
원장 수녀	전 그 아이가 걱정돼요…. 그 아이의… (건강과 안전이요.)
박사	그 사람이 누구였죠, 수녀님? 수녀님이었죠?
원장 수녀	끝까지 이 일이 살인사건이라고 믿으신다면 검사와 이야기를 하셔야죠, 제가 아니라. 아그네스는 더더욱 아니고요. (원장 수녀, 퇴장하려

방향을 튼다.)

박사   어디 가세요?

원장 수녀   법원에요. 박사님 해임시키러.

박사   왜죠? 제가 진실에 너무… (근접해서요?)

원장 수녀   박사님, 저는 기도해요

박사   아그네스는 무죄에요, 그렇죠?

원장 수녀   (앞 대사와 맞물리며) 당신이 내 입장을 이해할 날이 오게 해달라고.

박사   무죄죠?

원장 수녀   안녕히 계세요, 박사님. 아, 그리고 당신이 원했던 그 기적은 일어났어요. 아주 작은 기적이지만 곧 알아채실 거에요. (원장 수녀가 퇴장한다. 아그네스가 등장한다.)

아그네스   두 분 싸우셨네요.

박사   (서둘러 그리고 비밀스럽게) 아그네스, 잘 들어요. 날 좀 도와줘야겠어요. 미리암 수녀님이 어떤 식으로든 협박한 적 있어요?

아그네스   아니요.

박사   겁을 준 적은요?

아그네스   왜 그런 걸 물어보세요?

박사	왜냐하면 난 그분이 관련이 있다고⋯ (믿으니까요.)
원장 수녀	(무대 밖에서) 아그네스 수녀!
아그네스	가요, 원장 수녀님!
박사	아그네스, 누가⋯ (방에 같이 있었나요?)
아그네스	다시는 못 뵙겠죠, 그렇죠?
박사	아니, 다시 볼 거예요. 약속할게요. 아그네스, 방 안에 누가 같이 있었나요? (침묵) 알아요?
아그네스	네.
박사	누구였나요? 미치겠네, 제발, 말 좀 해줘요.
아그네스	우리 어머니요.
원장 수녀	(무대 밖에서) 아그네스!
아그네스	안녕히 계세요. (아그네스 퇴장)

§ 제3장 §

박사	그날 밤 꿈에 난 저 먼 나라의 작은 사설병원에서 일하는 산파였어요. 흰옷을 입고 있었는데 방 내부도 온통 흰색이더라고요, 창문은 열려 있었고 주변은 온통 설산이었죠. 제 앞 테이블에는 제왕절개를

기다리는 여자가 누워있었어요. 그 여자는 비명을 지르기 시작했고 전 신속한 절개로 아기를 꺼내야 한다는 사실을 알았죠. 칼로 그 여자 배를 갈랐고 두 손을 팔목까지 그 안으로 밀어 넣었거든요. 갑자기 작은 손이 내 손가락을 잡는 느낌이 들었고 날 잡아당기기 시작했어요, 그리고 그 여자의 두 손이 내 머리를 누르더라고요, 그러더니 그 안의 작은 생명체가 날 끌어당겼어요, 팔꿈치에서, 어깨로, 턱까지, 하지만 내가 비명을 지르려 입을 벌렸을 때 잠에서 깼고 시트는 얼룩져 있더군요. 피였죠. 내 피요. 생리주기가 불규칙했었는데 한 3년쯤 전부터는 아예 멈췄었거든요, 근데 그날 밤 다시 시작했던 거예요. (침묵) 제가 그 아기에게 뭘 할 수 있었을까요? 아무것도 못 했겠죠. (침묵) 다음날 아그네스를 제가 맡을 수 있도록 청원을 했고 법원에서 허가가 내려왔습니다. 전 제가 옳다고 확신했었어요. 의사로서는, 더 현명하게 대처했어야 했는데, 하지만 한 인간으로서는 (주먹으로 자신의 가슴을 치기 시작한다.) 난 돌로 만들어진 인간이 아니에요. 난 피와 살로… 심장으로… 영혼으로… 만들어졌다

제2막
✝
113

고요…. (침묵 속에서 계속 자신의 가슴을 미친 듯이 치다가 어느 순간 멈춘다.) 바로 이거에요. 미처 끝내지 못한 생각. 결말이 담긴 필름. 보이지 않는 다른 결말.

§ 제4장 §

원장 수녀   박사님이 이겼네요, 그렇죠?

박사   전혀요, 아직은 아니죠.

원장 수녀   마음을 굳히셨군요…. (그 아이를 분해해버리기로.)

박사   다시 최면요법을 쓰기로 했어요.

원장 수녀   충분히 시달리지 않았나요?

박사   전에 제대로 묻지 못한 질문이 몇 개 있는데요….

원장 수녀   듣고 있어요.

박사   …어찌나 빈틈없이 피해가시던지요.

원장 수녀   세상에, 뒤끝 있으시네요.

박사   뭔가 숨기고 있는 듯하니 전 사실을 알아야겠어요.

원장 수녀   그렇다면 물어보시죠.

박사   아그네스가 임신기간 중에 몸이 안 좋다는 얘기를 한 적 있나요?

원장 수녀   네, 있어요.

박사   근데 왜 병원에 안 보냈죠?

원장 수녀   본인이 안 가려고 했어요.

박사   그랬을까요?

원장 수녀   네, 두려워했어요.

박사   뭘요? 의사가 뭔가 알아낼까 봐요? 그 애가 그렇게
         말하던가요? 아니면 추측하신 건가요?

원장 수녀   계속 절 이런 식으로 핍박하실 거면… (전 당장 이
         대화를 중단하겠어요.)

박사   핍박하는 게 아니라 질문을 하는 거잖아요.

원장 수녀   전 수녀고, 박사님은 수녀를 (싫어하니까요.)

박사   아그네스의 임신사실을 알았나요??

침묵. 원장 수녀가 최대한 필사적으로 눈물을 참는다. 그리고 말한다.

원장 수녀   네.

박사   그런데도 의사한테 안 보냈나요?

원장 수녀   이미 너무 늦었으니까.

박사   그게 무슨 말이죠?

원장 수녀	나도 몰랐어요. 그때까진- (침묵, 원장 수녀 평정심을 찾으려 노력한다.)
박사	언제까지요? 울어도 소용없어요, 원장 수녀님. 언제까지요?
원장 수녀	너무 늦었을 때까지.
박사	뭐가요? 낙태가요?
원장 수녀	말도 안 돼요.
박사	뭐가 너무 늦었을 때까지죠?
원장 수녀	모르겠어요, 막기엔 너무 늦었을 때까지!
박사	아기를요?
원장 수녀	소문이요! 막기엔 너무 늦었었지만 그래도 방법을 찾아야 했어요. 소문을 막아야 했어요. 아그네스도 입단속을 시켜야 했어요. 생각할 시간이 필요했어요.
박사	하지만 그렇게 안 됐나 봐요, 그렇죠?
원장 수녀	그래요! 그 아이가 아팠던 그날 밤, 전 알았죠⋯.
박사	시간이 별로 없다는 걸요?
원장 수녀	네.
박사	그래서 그 애 방으로 갔어요, 출산을 돕기 위해.
원장 수녀	그 아인 도움을 원치 않았어요.

박사	하지만 수녀님은 최대한 빨리 그 아기를 해결하고 싶었겠죠.
원장 수녀	그건 거짓말이에요.
박사	수녀님이 그 아이 방에 휴지통을 감췄잖아요.
원장 수녀	감춘 게 아니에요! 피와 지저분한 침대 시트 때문에 거기 둔 거라고요….
박사	그리고 아기도요.
원장 수녀	아니에요!
박사	탯줄로 아기 목을 감았잖아요….
원장 수녀	아무도 없을 때 아기를 낳도록 하고 싶었을 뿐이에요. 아기는 병원으로 데려가서 그곳 사람들한테 맡기려고 했어요. 하지만 출혈이 너무 심했고 그래서 전 너무 당황해 어쩔 줄을 몰랐었다고요.
박사	아기를 죽이기 전인가요, 후인가요?
원장 수녀	아기를 아그네스에게 줬어요! 전 도움을 청하러 갔었다고요!
박사	아그네스는 그렇게 말 안 할 텐데요.
원장 수녀	그렇다면 걔는 빌어먹을 거짓말쟁이에요! (원장 수녀가 두 손으로 자신을 얼굴을 감싸 쥔다. 아그네스의 노랫소리가 들려온다.)

제2막
†

아그네스 *하느님의 어린 양,*

세상의 죄를 사하시는 하느님이시여,

우리를 불쌍히 여기소서.

하느님의 어린 양,

세상의 죄를 사하시는 하느님이시여,

우리를 불쌍히 여기소서.

하느님의 어린 양,

세상의 죄를 사하시는 하느님이시여,

우리에게 평화를 주소서.

원장 수녀 좋아요. 이번 기회에 끝장을 봅시다.

원장 수녀 자리를 뜬다. 원장 수녀는 아그네스의 얼굴을 두 손으로
부드럽게 감싼다. 박사는 홀로 가슴에 성호를 긋다가 멈춘다. 아그네스
가 들어오고 그 뒤를 원장 수녀가 따른다.

박사 안녕하세요, 아그네스.

아그네스 안녕하세요.

박사 궁금한 게 더 있어서 물어보려고요. 괜찮죠?

아그네스 네.

박사 최면을 다시 걸고 싶은데요. 그것도 괜찮겠죠?

아그네스	네.
박사	좋아요. 앉으세요. 긴장을 푸시고요. 다시 물속으로 들어가 볼게요. 이번엔 몸에 구멍이 여러 개 나 있다고 상상해 보세요, 그리고 따뜻한 물이 그 구멍 속으로, 눈 뒤로 흘러 들어가요, 정말 따뜻하고, 정말 깨끗한 물이죠, 마치 기도처럼, 두 눈이 무거워지면서… 잠이 와요. 두 눈을 감아보세요. 제가 셋을 세면, 잠에서 깰 거예요. 아그네스, 내 말 들리나요?
아그네스	네.
박사	내가 누구죠?
아그네스	리빙스턴 박사님이요.
박사	누가 저와 함께 있나요?
아그네스	미리암 루스 원장 수녀님이요.
박사	좋아요. 아그네스, 지금부터 제가 몇 가지 질문을 할 건데요, 눈은 계속 감고 계세요, 알았죠?
아그네스	네.
박사	잘 기억해보세요, 일 년쯤 전 어느 날 밤, 토요일 밤이에요, 수녀님 한 분이 돌아가셨던 그날 밤을 기억해봐요.

제2막
†
119

아그네스	폴 수녀님이요.
박사	폴 수녀님이 돌아가셨던 밤이죠. 기억나요?
아그네스	네.
박사	왜 그래요?
아그네스	전 폴 수녀님을 좋아했어요.
박사	아그네스, 그날 밤 무슨 일이 있었죠?
아그네스	절 일찍 잠자리에 들게 하셨어요.
박사	누가 그랬죠?
아그네스	원장 수녀님이요.
박사	잠자리에 들었나요?
아그네스	네.
박사	자신의 방에 있다고 상상해 보세요, 아그네스. 무슨 일이 있었는지 얘기해봐요.
아그네스	잠에서 깼어요.
박사	몇 시죠?
아그네스	모르겠어요. 아직도 어두워요.
박사	뭐가 보이나요?
아그네스	처음엔 아무것도 안 보여요, 근데….
박사	근데요?
아그네스	누가 방에 있어요.

박사	무서워요?
아그네스	네.
박사	아그네스는 뭘 하죠? (침묵) 아그네스?
아그네스	누구세요? (침묵) 거기 누구예요? (침묵) 오셨어요? (침묵) 근데 전 두려워요. (침묵) 네. (침묵) 네 제가요. (침묵) 왜 저죠? (침묵) 기다려요. 보고 싶어요! (숨을 몰아쉬고 눈을 뜬다.)
박사	뭘 봤죠?
아그네스	꽃이요. 반들반들하고 햐얬어요. 피 한 방울, 꽃잎으로 스며들어요, 혈관을 타고 흘러 다녀요. 조그만 후광. 수많은 후광들, 나뉘고, 나뉘고, 깃털들이 별들이에요, 떨어져요, 하느님의 눈동자로 떨어져요. 아, 이를 어째, 그분이 절 보세요. 정말 아름다워요, 정말 파래요, 노래요, 초록 나뭇잎들 갈색 피, 아니, 빨개요, 그분의 피, 어떡해, 어떡해, 나 피나요, 피가 난다고요! (아그네스 손바닥에서 피가 난다.)
원장 수녀	아, 맙소사.
아그네스	이걸 씻어내야 해요, 내 손에, 다리에, 어떡해요, 시트에도 있어요, 시트 닦게 도와주세요. 도와주세요, 도와주세요, 안 닦여요, 피가 안 닦여요!

원장 수녀	(아그네스를 붙잡고) 아그네스….
아그네스	놔요!
원장 수녀	아그네스, 제발….
아그네스	내가 이러길 바랐잖아요, 맞죠?! 이렇게 되게 해달라고 기도했잖아요, 맞죠?
원장 수녀	아니, 아니야.
아그네스	저리 가버려요! 이젠 꼴도 보기 싫어! 당신이 죽어버렸으면 좋겠어!
박사	아그네스….
아그네스	당신들 다 죽어버렸으면 좋겠어!
박사	…방 안에 있는 그 남자와 우린 아무 상관없어요.
아그네스	날 내버려 둬!
박사	내 말 알겠어요? 그 남자가 아그네스한테 아주 나쁜 짓을 했어요.
아그네스	나한테 손대지 마!
박사	그 남자가 무섭게 했어요, 그 남자가 아프게 했어요.
아그네스	하지 마!
박사	아그네스 잘못이 아니에요….
아그네스	엄마!
박사	…그 남자 잘못이에요.

아그네스	엄마 잘못이야!
박사	그 남자가 누구인지 말해줘요, 우리가 찾을 수 있게….
아그네스	(원장 수녀에게) 다 당신 잘못이야!
박사	아그네스, 방 안에서 누굴 봤죠?
아그네스	그 사람이 싫어요!
박사	당연히 싫겠죠. 누구죠?
아그네스	나한테 한 짓 때문에 싫어요.
박사	그럼요.
아그네스	내가 그런 일을 겪게 해서 싫어요.
박사	누군데요?
아그네스	그 사람이 싫다고요!
박사	누가 아그네스한테 이랬어요?
아그네스	하느님! 하느님이 이랬어요! 하느님이라고요! 이제 전 지옥불에 타 죽을 거예요, 하느님을 미워하니까!
박사	아그네스, 지옥불에 타 죽지 않아요. 하느님을 미워해도 괜찮아요.
원장 수녀	오늘은 이 정도로 됐어요, 깨우세요.
박사	아직 안 돼요.

원장 수녀	이 아이는 피곤하고 몸도 안 좋아요, 내가 데리고 가겠습니다.
박사	이 아이는 더 이상 수녀님 소관이 아닌데요.
원장 수녀	이 아이는 하느님 소관이죠.
박사	이 아이는 제 소관이고 여기 있을 겁니다!
원장 수녀	당신은 이 아이를… (여기 둘 수 없어.)
박사	아그네스, 아기는 어떻게 됐죠?
원장 수녀	기억 못 한다니까요!
박사	아니, 할 수 있어요! 아그네스….
원장 수녀	기억 안 한다고!
박사	(아그네스를 붙잡고) …아기는 어떻게 됐냐고요?
아그네스	사람들이 갖다 버렸어요.
박사	아니, 태어난 다음에요.
아그네스	죽었어요.
원장 수녀	이 아이한테 이러지 말라고요!
박사	살아 있었어요, 그렇죠?
아그네스	기억 안 나요.
원장 수녀	제발!
박사	살아 있었어요, 그렇죠?
원장 수녀	나한테 이러지 말라고요!

박사	살아 있었죠?
아그네스	네!!! (침묵)
박사	어떻게 됐나요?
아그네스	기억하기 싫어요.
박사	하지만 기억하잖아요, 그렇죠?
아그네스	네.
박사	미리암 원장님이 같이 계셨죠, 그렇죠?
아그네스	네.
박사	원장님이 아기를 두 팔로 안았고요….
아그네스	네.
박사	아그네스도 다 봤잖아요, 그렇죠?
아그네스	네.
박사	그런 다음… 원장님이 어떻게 하셨죠? (침묵) 아그네스, 어떻게 하셨죠?
아그네스	(천진하고 조용하게) 절 두고 나가셨어요, 그 작은… 것이랑 남겨두고. 그걸 보다가 생각했어요, 이건 실수야. 하지만 이건 내 실수야, 엄마가 아니라. 하느님의 실수야. 내가 그 애를 구원할 수 있다고 생각했어요. 하느님께 돌려보낼 수 있다고. (침묵)
박사	그래서 어떻게 했나요?

아그네스   재웠어요.

박사   어떻게요?

아그네스   탯줄을 아기 목에 감았어요. 피 묻은 시트로 쌌어요. 그리고 쓰레기통에 쑤셔 넣었어요.

원장 수녀   안돼. (원장 수녀 돌아선다. 침묵)

박사   하나. 둘. 셋. (아그네스가 천천히 일어나 걸어 나간다. 혼자 허밍으로 「찰리는 멋져요」를 작게 부른다.) 원장 수녀님? (침묵) 원장 수녀님, 제발….

원장 수녀가 돌아서서 박사와 마주본다.

원장 수녀   박사님이 맞았네요. 기억하고 있었어요. 의식이 없었으니 무고하다고 전 내내 생각했는데요. 고맙습니다, 리빙스턴 박사님. 우리에겐 저처럼 무지한 자들이 진정성 없이 믿는 그런 거짓말들을 깨뜨려 줄 당신 같은 사람들이 필요하니까요.

박사   원장 수녀님….

원장 수녀   하지만 난 소중한 것을 앗아간 당신을 절대로 용서 못 합니다. (침묵) 당신이 죽었어야 해. 동생이 아니라. 당신이.

아그네스 (보이지 않는 친구에게 말을 하며) 왜 울어? (박사와 원장 수녀가 아그네스를 돌아본다.) 하지만 난 믿어, 정말 믿어. (침묵) 제발 남들처럼 날 버리면 안 돼요. 어떡해, 오, 성모님, 절 버리지 마세요. 제발, 제발요, 절 버리지 마세요. 제가 잘할게요. 더 이상 나쁜 아기처럼 굴지 않을게요. (다른 누군가를 본다.) 싫어, 엄마, 엄마랑 안 갈래. 그만 잡아당겨. 엄마 손이 너무 뜨겁잖아. 그렇게 나한테 손대지 말란 말이야! 엄마, 날 지지지 마! 날 지지지 말라니까! (침묵, 아그네스가 원장 수녀와 박사를 돌아보더니 두 사람을 향해 마치 성모상처럼 두 팔을 뻗는데 피가 흐르는 두 손바닥이 보인다. 미소를 짓고 담담하게 정상적인 사람처럼 이야기한다.) 일주일 내내 내방 창가에 서 있었어요. 그러던 어느 날 밤, 상상할 수 없을 정도로 아름다운 목소리를 들었죠. 저 너머 밀밭 한복판에서 들려왔었고 그쪽을 보니 달빛이 그 남자 얼굴을 비추고 있었죠. 6일 밤 내내 그이는 저에게 노래를 불러줬어요. 들어본 적도 없는 노래였죠. 그러던 7번째 밤, 제 방으로 와서 두 날개를 펼치고 제 위로 누웠어요. 그러는 내내 노래를 불러줬죠. (미소 지으며

제2막
†
127

눈물을 흘린다, 노래한다)

찰리는 멋져요, 찰리는 다정해요,

그리고 찰리, 그이는 신사죠,

시내에 갈 때면

그이는 애인에게 줄 사탕을 사죠.

강을 건너 숲을 지나,

강을 건너 찰리에게,

강을 건너 숲을 지나

케이크를 만들어 찰리에게.

원장 수녀가 아그네스를 끌어내리기 시작한다.

찰리는 멋져요, 찰리는 다정해요,

그리고 찰리, 그이는 신사죠,

시내에 갈 때면

그이는 애인에게 줄 사탕을 사죠.

오, 그이는 애인에게 줄 사탕을 사죠.

§ 제5장 §

박사   (노래한다.) *"그이는 애인에게 줄 사탕을 사죠."*
이 노래의 숨은 뜻은 저도 모르겠어요. 네, 아마도
유혹의 노래였고 아기의 아버지는… 농장일꾼이었
을지도 모르죠. 아니면 기억 속에서 찾아낸 오래전
자장가였을지도 모르고요. 그리고 아기 아버지는…
희망과 사랑, 갈망, 그리고 기적이 있다는 믿음일지
도요. (침묵) 그 두 사람을 다시는 못 봤어요. 그다음
날, 전 그 사건에서 사임했거든요. 미리암 원장 수녀
는 아그네스를 법원의 처분에 내맡겼고 아그네스는
병원으로 보내졌답니다…. 거기서 아그네스는 노래
를 멈췄어요…. 먹는 것도…. 그리고 거기서 죽었죠.
왜죠? 왜 어린아이가 성적으로 학대를 당하고, 아기
가 죽임을 당하고, 마음은 파괴될까요? 이 의심 많고
생리 중이고 금연 중인 정신과 의사가 두어 시간
전에 고해성사를 했다는 그런 단순한 결말을 내려
고? 도대체 어떤 신이 아그네스 같은 기적이 이 빈틈
없는 세상에 와서 짓밟히도록 허락할까요? 전 그

제2막
†
129

이유를 알고 싶어요! 전 믿고 싶어요…. 그 아이는
축복받았다고! 그리고 그 아이가 정말 보고 싶어요.
그리고 저에게 뭔가 남겨줬기를, 자신의 작은 일부
라도 남겨줬기를 바라요. 그 정도만 돼도 기적으로
는 충분하니까. (침묵) 안 그런가요?

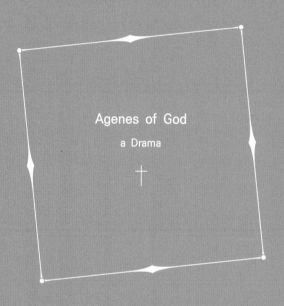

Agenes of God

a Drama

†

Agnes of God was first presented in a staged reading at the 1979 Eugene O'Neill Playwrights Conference on July 26, 1979. It was directed by Robert Allan Ackerman, and the cast was as follows:

DOCTOR MARTHA LIVINGSTONE . . . . Jo Henderson
MOTHER MIRIAM RUTH . . . . Jacqueline Brookes
AGNES . . . . Dianne Wiest

The first professional production of *Agnes of God* opened on March 7, 1980 at the Actors Theatre of Louisville, Jon Jory Producing Director. It was directed by Walton Jones, with sets and lights by Paul Owen, and costumes by Kurt Wilhelm. The cast was as follows:

DOCTOR MARTHA LIVINGSTONE . . . . Adale O'Brien
MOTHER MIRIAM RUTH . . . . Anne Pitoniak
AGNES. . . . . Mia Dillon

Agnes of God opened on Broadway at the Music Box Theatre on March 30, 1982. It was presented by Kenneth Waissman, Lou Kramer, and Paramount Theatre Productions, and directed by Michael Lindsay-Hogg, with sets by Eugene Lee, lighting by Roger Morgan, and costumes by Carrie Robbins. The cast was as follows:

DOCTOR MARTHA LIVINGSTONE . . . . Elizabeth Ashley
MOTHER MIRIAM RUTH . . . . Geraldine Page
AGNES . . . . Amanda Plummer

THE CHARACTERS

DOCTOR MARTHA LIVINGSTONE pronounced "Li-ving-stun")
MOTHER MIRIAM RUTH
AGNES

The play is best served, I believe, by a stage free of all props, furniture and set pieces. The scenes flow one into another, without pause. Characters appear and disappear, and may even be present onstage when not in a particular scene. Because it is a play of the mind, and miracles, it is a play of light and shadows.

All parentheses in the dialogue indicate lines that are cut off or overlapped before the parentheses begin.

Throughout the evening, the doctor is never without a cigarette, except in her monologues and one or two other moments indicated in the script, until the end of the first act, after which she never smokes again.

— JOHN PIELMEIER

THE MUSIC

If possible, the music should be sung live by the actress playing Agnes. Depending on the set and the interpretation, all characters may be visible onstage at all times.

Of the following tunes, "Virgin Mary," "Basiez Moy," and "Charlie's Neat" should be sung as written. The others are suggestions for the Mass that Agnes sings; more appropriate ones may be found. The music must not be *too* familiar, and should never be slow or dolorous: Agnes is at her most glorious when singing.

To The Lady

"'. . . why do you worry? What good would it do you if I told you she is indeed a saint? I cannot make saints, nor can the Pope. We can only recognize saints when the plainest evidence shows them to be saintly. If you think her a saint, she is a saint to you. What more do you ask? That is what we call the reality of the soul; you are foolish to demand the agreement of the world as well. . . .'

"'But it is the miracles that concern me. What you say takes no account of the miracles.'

"'Oh, miracles! They happen everywhere. They are conditional. . . . Miracles are things that people cannot explain. . . . Miracles depend much on time, and place, and what we know and do not know. . . . Life is too great a miracle for us to make so much fuss about petty little reversals of what we pompously assume to be the natural order. . . . Who is she? That is what you must discover . . . and you must find your answer in psychological truth, not in objective truth. . . . And while you are searching, get on with your own life and accept the possibility that it may be purchased at the price of hers and that this may be God's plan for you and her.'"

ROBERTSON DAVIES,
Fifth Business

Agnes of God

ACT ONE

SCENE 1

Darkness. A beautiful soprano voice is heard singing.

AGNES. *Kyrie eleison. Kyrie eleison. Kyrie eleison.*
Christe eleison. Christe eleison.
Kyrie eleison.

(The lights softly rise on DOCTOR MARTHA LIV-
INGSTONE.)

DOCTOR. I remember when I was a child I went to see
Garbo's *Camille,* oh, at least five or six times. And each
time I sincerely believed she would *not* die of consump-
tion. I sat in the theater breathless with expectation and
hope, and each time I was disappointed, and each time I
promised to return, in search of a happy ending. Be-
cause I believed in the existence of an alternate last reel.
Locked away in some forgotten vault in Hollywood,
Greta Garbo survives consumption, oncoming trains,
and firing squads. Every time. I still want to believe in
alternate reels. I still want to believe that somewhere,
somehow, there is a happy ending for *every* story. It all
depends on how thoroughly you look for it. And how
deeply you need it. (*silence*) The baby was discovered in
a wastepaper basket with the umbilical cord knotted
around its neck. The mother was found unconscious by

the door to her room, suffering from excessive loss of blood. She was indicted for manslaughter and brought to trial. Her case was assigned to me, Doctor Martha Livingstone, as court psychiatrist, to determine whether she was legally sane. I wanted to help . . . (this young woman, believe me.)

ACT ONE

Scene 2

MOTHER. Doctor Livingstone, I presume? (*MOTHER laughs at her own joke.*) I'm Mother Miriam Ruth, in charge of the convent where Sister Agnes is living.

DOCTOR. How do you do.

MOTHER. You needn't call me Mother, if you don't wish.

DOCTOR. Thank you.

MOTHER. Most people find it uncomfortable.

DOCTOR. Well . . .

MOTHER. I'm afraid the word brings up the most unpleasant connotations in this day and age . . .

DOCTOR. Yes.

MOTHER. . . . or it forces a familiarity that most are not willing to accept, right off the bat.

DOCTOR. I see.

MOTHER. So you may call me Sister. I've brought Sister Agnes for her appointment. They're allowing her to stay at the convent until the trial.

DOCTOR. Yes, I . . . (know.)

MOTHER. And I wanted to offer my help.

DOCTOR. Well, thank you, Sister, but I haven't even *met* Sister Agnes yet. If there's anything unclear *after* I speak to her, I'd . . . (be happy to talk to you.)

MOTHER. You must have tons of questions.

DOCTOR. I do, but I'd like to ask them of Agnes.

MOTHER. She can't help you there.

DOCTOR. What do you mean?

MOTHER. She's blocked it out, forgotten it. I'm the only one who can answer those questions.

DOCTOR. How well do you know her?

MOTHER. Oh, I know Sister Agnes very well. You see, we're a contemplative order, not a teaching one. Our ranks are quite small. I was chosen to be Mother Superior about four years ago, just prior to her coming to us. So I think I'm more than qualified to answer any questions you might have. Would you mind not smoking?

DOCTOR. Yes, I'm sorry, I should have asked if it bothered you. (*The DOCTOR does not put out the cigarette, but waves the smoke in another direction.*)

MOTHER. Never offer an alcoholic a drink, isn't that what they say?

DOCTOR. You were a smoker?

MOTHER. Two packs a day.

DOCTOR. Oh, I can beat that, Sister.

MOTHER. Lucky Strikes. (*The DOCTOR laughs.*) My sister used to say that one of the few things to believe in in this crazy world is the honesty of unfiltered cigarette smokers.

DOCTOR. You have a smart sister.

MOTHER. And you have questions. Fire away. (*silence*)

DOCTOR. Who knew about Agnes' pregnancy?

MOTHER. No one.

DOCTOR. How did she hide it from the other nuns?

MOTHER. She undressed alone, she bathed alone.

DOCTOR. Is that normal?

MOTHER. Yes.

DOCTOR. How did she hide it during the day?

MOTHER. (*shaking her habit*) She could have hidden a machine gun in here if she wanted.

DOCTOR. And she had no physical examination during this time?

MOTHER. We're examined once a year. Her pregnancy fell in between our doctor's visits.

DOCTOR. Who found the baby?

MOTHER. I did. I'd given Sister Agnes permission to retire early that night. She wasn't feeling very well. I went to her room a short while later . . .

DOCTOR. The nuns have separate rooms?

MOTHER. Yes. And I found her unconscious by the door. I tried to revive her. When I couldn't I had one of the other sisters call for an ambulance. It was then that I found . . . the wastepaper basket.

DOCTOR. Found?

MOTHER. It was hidden. Against the wall, under the bed.

DOCTOR. Why did you think to look there?

MOTHER. I was cleaning. There was a lot of blood.

DOCTOR. Were you alone when you found it?

MOTHER. No. Another sister, Sister Margaret, was with me. It was she who called the police.

DOCTOR. Did you find a diary, letters?

MOTHER. I don't understand.

DOCTOR. Something to clue you in on the identity of the father.

MOTHER. Oh I see. No, I found nothing.

DOCTOR. Who could it have been?

MOTHER. I haven't a clue.

DOCTOR. What men had access to her?

MOTHER. None, as far as I know.

DOCTOR. Was there a doctor?

MOTHER. Yes.

DOCTOR. A man?

MOTHER. Yes, but I told you she never . . . (saw him.)

DOCTOR. Was there a priest?

MOTHER. Yes, but . . . (I don't see . . .)

DOCTOR. What's his name?

MOTHER. Father Marshall. But I don't see him as a candidate. He's very shy.

DOCTOR. Could there have been anyone else?

MOTHER. Obviously there was.

DOCTOR. Then why didn't you care to find out who?

MOTHER. Believe me, I cared very much at the time. I did everything short of asking Agnes, and still . . . (I have no idea how she got that child.)

DOCTOR. Why *didn't* you ask her?

MOTHER. If she doesn't even remember the birth, do you think she'd admit to the conception? Besides, I really don't see what this has to do with her.

DOCTOR. Oh, come on, Sister.

MOTHER. The *important* fact is that *somebody* gave her that baby, Doctor. That we know. But that happened some twelve months ago. I fail to see how the *identity* of that somebody has anything to do with the trial.

DOCTOR. Why do you think that?

MOTHER. Don't ask me those questions, dear. I'm not the patient.

DOCTOR. But *I'm* the doctor. *I'm* the one who decides what is or is not important here.

MOTHER. Yes.

DOCTOR. Then why are you avoiding my question?

MOTHER. I'm not . . . (avoiding.)

DOCTOR. Who was the father?

MOTHER. I don't know. (*silence*)

DOCTOR. I'd like to see her now.

MOTHER. Doctor, I don't know how to say this politely, but I don't approve of you. Not you personally, but —

DOCTOR. The science of psychiatry.

MOTHER. Yes. I want to ask you to deal with Agnes as speedily and as easily as possible. She's a fragile person. She won't hold up under *any* sort of cross-examination.

DOCTOR. Sister, I'm not with the Inquisition.

MOTHER. And I'm not from the Middle Ages. I know what you are. You're a surgeon. I don't want that mind cut open.

DOCTOR. Is there something in there you don't . . . (want me to see?)

MOTHER. I want you to be careful, that's all.

DOCTOR. And quick?

MOTHER. Yes.

DOCTOR. Why?

MOTHER. Because Agnes is different.

DOCTOR. From other nuns? Yes, I can see that.

MOTHER. From other people. She's special.

DOCTOR. In what way?

MOTHER. She's gifted. She's blessed.

DOCTOR. What do you mean? (*AGNES is heard singing.*)

AGNES. *Gloria in excelsis Deo . . .*

MOTHER. There.

AGNES. *Et in terra pax hominibus bonae voluntatis.*

MOTHER. She has the voice of an angel.

AGNES. *Laudamus te. Benedicimus te.*

DOCTOR. Does she often sing when she's alone?

MOTHER. Always.

AGNES. *Adoramus te.*

MOTHER. She's embarrassed to sing in front of others.

AGNES. *Glorificamus te.*

DOCTOR. Who taught her?

MOTHER. I don't know.

AGNES. *Gratias agimus tibi propter magnam gloriam tuam.*
Domine Deus.
Rex coelestis.
Deus pater omnipotens.
Domini Fili unigenite
Jesu Christe.

MOTHER. (*during above*) When I first heard her sing, I was thrilled. And I couldn't connect that voice with the simple, happy child I knew. And she *was* happy, Doctor. But that voice belongs to someone else.

AGNES. *Domine Deus,*
Agnus Dei,
Filius Patris,
Qui tollis peccata mundi,
Miserere nobis.

DOCTOR. Would you send her in, please?

MOTHER. You will be careful, won't you?

DOCTOR. I'm always careful, Sister.

MOTHER. May I stay?

DOCTOR. No. (*MOTHER smiles.*)

MOTHER. I'll send her in.

ACT ONE

SCENE 3

AGNES continues to sing into this scene.

AGNES. *Qui tollis peccata mundi*
Suscipe deprecationem nostram,
Qui sedes ad dexteram Patris,
Miserere nobis.

Quoniam tu solus sanctus,
Tu solus Dominus,
Tu solus Altissimus,
Jesu Christe.
Cum Sancto Spiritu
In gloria Dei Patris.

DOCTOR. (*speaking over AGNES*) There was a lynching mob that came before a judge who accused them of hanging a man without a fair and objective trial. "Oh, your Honor," the leader said, "we listened *very* fairly and objectively to *every* word he had to say. Then we hung the son of a bitch." I *wanted* to maintain my objectivity, but Mother Miriam wouldn't believe that. Oh, she couldn't have known about Marie but she must have suspected *something*. Marie was my younger sister, who decided she had a vocation to the convent when she was fifteen. So my mother sent her off without a second thought, and I never saw her again. I received a message late one night that Marie had died of acute, and unattended, appendicitis because her Mother Superior wouldn't send her to a hospital. (*She laughs.*) Well, no, I guess at heart I couldn't be very fair and objective, could I? But I tried. (*silence*) I remember waiting to view Marie's body in a little convent room, and staring at those spotless walls and floors and thinking, my God, what a metaphor for their minds. And that's when I realized that *my* religion, *my* Christ, is this. The mind. Everything I do not understand in this world is contained in these few cubic inches. Within this shell of skin and bone and blood I have the secret to absolutely everything. I look at a tree and I think, isn't it wonderful that I have created something so *green*. God isn't out there. He's in here. God is you. Or rather you are God. Mother Miriam couldn't understand that, of course.

Oh, she reminded me so much of my own mother. And as for Agnes, well . . . (just hearing her voice . . .) (*The DOCTOR is interrupted by AGNES' appearance.*)

ACT ONE

SCENE 4

AGNES. Hello.

DOCTOR. Hello. I'm Doctor Livingstone. I've been asked to talk to you. May I?

AGNES. Yes.

DOCTOR. You have a lovely voice.

AGNES. No I don't.

DOCTOR. I just heard you.

AGNES. That wasn't me.

DOCTOR. Was it my receptionist? You saw her, didn't you? The tall woman with the purple hair who looks like an ostrich? (*AGNES smiles.*) That's not very nice to say, but she does, doesn't she?

AGNES. Yes.

DOCTOR. She wasn't singing now, was she? I remember one day she sang and broke a patient's eyeglasses. (*AGNES laughs.*) You're very pretty, Agnes.

AGNES. No I'm not.

DOCTOR. Hasn't anyone ever told you that before?

AGNES. I don't know.

DOCTOR. Then I'm telling you now. You're very pretty. And you have a lovely voice.

AGNES. Let's talk about something else.

DOCTOR. What would you like to talk about?

AGNES. I don't know.

DOCTOR. Anything. First thing comes to your mind.

AGNES. God. But there's nothing to say about God.

DOCTOR. Second thing comes to your mind.

AGNES. Love.

DOCTOR. Why love?

AGNES. I don't know. (*silence*)

DOCTOR. Have *you* ever loved someone, Agnes?

AGNES. God.

DOCTOR. I mean have you ever loved another human?

AGNES. Oh, yes.

DOCTOR. Who is that?

AGNES. Everyone.

DOCTOR. Who in particular?

AGNES. Right now?

DOCTOR. Yes.

AGNES. I love you. (*silence*)

DOCTOR. But have you ever loved a man? Other than Jesus Christ.

AGNES. Yes.

DOCTOR. Who?

AGNES. Oh, there are so many.

DOCTOR. Well, do you love Father Marshall?

AGNES. Oh, yes.

DOCTOR. Do you think *he* loves *you?*

AGNES. Oh, I know he does.

DOCTOR. He told you that?

AGNES. No, but when I look into his eyes I can see.

DOCTOR. You've been alone together.

AGNES. Oh, yes.

DOCTOR. Often?

AGNES. At least once a week.

DOCTOR. (*sharing AGNES' joy*) Did you like that?

AGNES. Oh, yes.

DOCTOR. Where do you meet?

AGNES. In the confessional. (*a beat*)

DOCTOR. I see. Do you ever meet with him . . . (outside the confessional?)

AGNES. You want to talk about the baby, don't you?

DOCTOR. Would you like to talk about it?

AGNES. I never saw any baby. I think they made it up.

DOCTOR. Who?

AGNES. The police.

DOCTOR. Why should they?

AGNES. I don't know.

DOCTOR. Do you remember the night they said it came?

AGNES. No. I was sick.

DOCTOR. How were you sick?

AGNES. Something I ate.

DOCTOR. Did it hurt?

AGNES. Yes.

DOCTOR. Where?

AGNES. Down there.

DOCTOR. What did you do?

AGNES. I went to my room.

DOCTOR. What happened there?

AGNES. I got sicker.

DOCTOR. And then?

AGNES. I fell asleep.

DOCTOR. In the middle of all that pain?

AGNES. Yes.

DOCTOR. But where did the baby come from?

AGNES. What baby?

DOCTOR. The baby they made up.

AGNES. From their heads.

DOCTOR. Is that where they say it came from?

AGNES. No, they say it came from the wastepaper basket.

DOCTOR. Where did it come from before that?

AGNES. From God.

DOCTOR. *After* God, *before* the wastepaper basket.

AGNES. I don't understand.

DOCTOR. How are babies born?

AGNES. Don't you know?

DOCTOR. Yes, I think I do, but I want you to . . . (tell me.)

AGNES. I don't know what you're talking about! You want to talk about the baby, everybody wants to talk about the baby, but I never saw the baby, so I can't talk about the baby, because I don't believe in the baby!

DOCTOR. Then let's talk about something else.

AGNES. No! I'm tired of talking! I've been talking for weeks! And nobody believes me when I tell them anything! Nobody listens to *me!*

DOCTOR. I'll listen. That's my job.

AGNES. But I don't want to have to answer any more questions.

DOCTOR. Then how would you like to ask them?

AGNES. What do you mean?

DOCTOR. Just like that. You ask, I'll answer.

AGNES. Anything?

DOCTOR. Anything. (*a beat*)

AGNES. What's your real name?

DOCTOR. Martha Louise Livingstone.

AGNES. Are you married?

DOCTOR. No.

AGNES. Would you like to be?

DOCTOR. Not at the moment, no.

AGNES. Do you have children?

DOCTOR. No.

AGNES. Would you like some?

DOCTOR. I can't have them anymore.

AGNES. Why?

DOCTOR. Well . . . I stopped menstruating.

AGNES. Why do you smoke?

DOCTOR. Does it bother you?

AGNES. No questions.

DOCTOR. Smoking is an obsession with me. I started smoking when my mother died. She was an obsession, too. I suppose I'll stop smoking when I become obsessed with something else. (*silence*) I bet you're sorry you asked. Any more questions?

AGNES. One.

DOCTOR. What's that?

AGNES. Where do *you* think babies come from?

DOCTOR. From their mothers and fathers, of course. Before that, I don't know.

AGNES. Well, I think they come from when an angel lights on their mother's chest and whispers into her ear. That makes good babies start to grow. Bad babies come from when a fallen angel squeezes in down there, and they grow and grow until they come out down there. I don't know where good babies come out. (*silence*) And you can't tell the difference except that bad babies cry a lot and make their fathers go away and their mothers get very ill and die sometimes. Mummy wasn't very happy when *she* died and I think she went to hell because everytime I see her she looks like she just stepped out of a hot shower. And I'm never sure if it's her or the Lady who tells me things. They fight over me all the time. The Lady I saw when I was ten. I was lying on the grass looking at the sun and the sun became a cloud and the cloud became the Lady, and she told me she would talk to me and then her feet began to bleed and I saw there were holes in her hands and in her side and I tried to catch the blood as it fell from the sky but I couldn't see any more because my eyes hurt because there were big black spots in front of them. And she tells me things like — right now she's crying "Marie! Marie!" but I don't know what that means. And she uses me to sing. It's as if she's throwing a big hook through the air and it catches me under my ribs and tries to pull me up but I can't move because Mummy is holding my feet and all I can do is sing in her voice, it's the Lady's voice, God loves you! (*silence*) God loves you. (*silence*)

DOCTOR. Do you know a Marie?

AGNES. No. Do you? (*silence*)

DOCTOR. Why should I?

AGNES. I don't know. (*silence*)

DOCTOR. Do you hear them often, (these voices?)

AGNES. I don't want to talk anymore, all right? I just want to go home.

ACT ONE

SCENE 5

MOTHER. Well, what do you think? Is she totally bananas or merely slightly off center? Or maybe she's perfectly sane and just a very good liar. What have you decided?

DOCTOR. I haven't yet. What about you?

MOTHER. Me?

DOCTOR. Yes. You know her better than I do. What's your opinion?

MOTHER. Well . . . I believe that she's . . . *not* crazy. Nor is she lying.

DOCTOR. But how could she have a child and know nothing of sex and birth?

MOTHER. Because she's an innocent. She's a slate that hasn't been touched, except by God. There's no place for those facts in her mind.

DOCTOR. Oh, bullshit.

MOTHER. In her case it isn't. Her mother kept her home almost all of the time. She's had very little schooling. I don't know how her mother avoided the authorities but she did. When her mother died, Agnes came to us. She's never been "out there," Doctor. She's never seen a television show or a movie. She's never read a book.

DOCTOR. But if you believe she's so innocent, how could she murder a child?

MOTHER. She didn't. This is manslaughter, not murder. She did not consciously kill that baby. I don't know what *you'd* call it — whatever psychological-medical jargon you people use — but she was not conscious at the time. That's why she's innocent. She honestly doesn't remember. She'd lost a lot of blood, she'd passed out by the time I'd found her . . .

DOCTOR. You want me to believe that she killed that baby, hid the wastepaper basket, and crawled to the door, all in some sort of mystical trance?

MOTHER. I don't care *what* you believe. You're her psychiatrist, not her jury. You're not determining her guilt.

DOCTOR. Was there ever any question of that?

MOTHER. What do you mean?

DOCTOR. Could someone else have murdered that child? (*silence*)

MOTHER. Not in the eyes of the police.

DOCTOR. And in your eyes?

MOTHER. I've told you what I believe.

DOCTOR. That she was unconscious at the time, yes, so someone else could have easily come into her room and . . . (done it.)

MOTHER. You don't honestly think . . . (something like that happened.)

DOCTOR. It's *possible,* isn't it?

MOTHER. Who?

DOCTOR. I don't know, perhaps one of the other nuns. She found out about the baby and wanted to avoid a scandal.

MOTHER. That's absurd.

DOCTOR. That possibility never occurred to you?

MOTHER. *No one* knew about Agnes' pregnancy. *No one.* Not even Agnes. (*silence*)

DOCTOR. When did you first learn about this innocence of hers, about the way she thinks?

MOTHER. A short while after she came to us.

DOCTOR. And you weren't shocked?

MOTHER. I was appalled. Just as you are now. You'll get used to it.

DOCTOR. What happened?

MOTHER. She stopped eating. Completely.

DOCTOR. This was before her pregnancy?

MOTHER. Almost two years before.

DOCTOR. How long did this go on?

MOTHER. I don't know. I think it was about two weeks before it was reported to me.

DOCTOR. Why did she do this?

MOTHER. She refused to explain at first. She was brought before me — sounds like a tribunal, doesn't it? — and when we were alone she confessed.

DOCTOR. Well?

MOTHER. She said she'd been commanded by God.

(*AGNES appears. Throughout the scene, one of AGNES' hands is inconspicuously hidden in the folds of her habit.*) He spoke to you Himself?

AGNES. No.

MOTHER. Through someone else?

AGNES. Yes.

MOTHER. Who?

AGNES. I can't say.

MOTHER. Why?

AGNES. She'd punish me.

MOTHER. One of the sisters?

AGNES. No.

MOTHER. Who? (*silence*) Why would she tell you to do this?

AGNES. I don't know.

MOTHER. Why do you think?

AGNES. Because I'm getting fat.

MOTHER. Oh, for Heaven's sake.

AGNES. I am. There's too much flesh on me.

MOTHER. Agnes . . .

AGNES. I'm a blimp.

MOTHER. . . . why does it matter whether you're fat or not?

AGNES. Because.

MOTHER. You needn't worry about being attractive here.

AGNES. I do. I have to be attractive to God.

MOTHER. He loves you as you are.

AGNES. No He doesn't. He hates fat people.

MOTHER. Who told you this?

AGNES. It's a sin to be fat.

MOTHER. Why?

AGNES. Look at all the statues. *They're* thin.

MOTHER. Agnes . . .

AGNES. That's because they're suffering. Suffering is beautiful. I want to be beautiful.

MOTHER. Who tells you these things?

AGNES. Christ said it in the Bible. He said, "Suffer the little children, for of such is the Kingdom of Heaven." I want to suffer like a little child.

MOTHER. That's not what . . . (He meant.)

AGNES. I *am* a little child, but my body keeps getting bigger. I don't want it to get bigger because then I won't be able to fit in. I won't be able to squeeze into Heaven.

MOTHER. Agnes, dear, Heaven is not . . . (a place with bars or windows.)

AGNES. (*cupping her breasts*) I mean look at these. I've got to lose weight.

MOTHER. (*reaching toward AGNES*) Oh my dear child.

AGNES. I'm too fat! Look at this—I'm a blimp! God blew up the *Hindenburg*. He'll blow up me. That's what she said.

MOTHER. Who?

AGNES. Mummy! I'll get bigger and bigger every day and then I'll pop! But if I stay little it won't happen!

MOTHER. Your mother tells you this? (*silence*) Agnes, dear, your mother is dead.

AGNES. But she watches. She listens.

MOTHER. Nonsense. I'm your mother now, and I want you to eat.

AGNES. I'm not hungry.

MOTHER. You have to eat *something,* Agnes.

AGNES. No I don't. The host is enough.

MOTHER. My dear, I don't think a communion wafer has the Recommended Daily Allowance of *anything.*

AGNES. Of God.

MOTHER. Oh yes, of God.

AGNES. What does that word mean? Begod?

MOTHER. Bego*t*. You don't know?

AGNES. That God's my father?

MOTHER. Only spiritually. You don't know what that means? Begot?

AGNES. Be*god*. That's what *she* calls it. But I don't understand it. She says it means when God presents us to our mothers, in bundles of eight pounds six ounces.

MOTHER. Oh my dear.

AGNES. I have to be eight pounds again, Mother.

MOTHER. You'd even drop the six ounces. Come here. (*MOTHER reaches out for an embrace. AGNES avoids the embrace, keeping the one hand concealed in her habit. MOTHER stares at the hidden hand.*) Now what's wrong?

AGNES. I'm being punished.

MOTHER. For what?

AGNES. I don't know.

MOTHER. How? (*AGNES presents a hand wrapped in a bloody handkerchief.*) What happened? (*AGNES removes the handkerchief.*) Oh dear Jesus. Oh dear Jesus.

AGNES. It started this morning, and I can't get it to stop. Why me, Mother? Why me?

DOCTOR. How long did it last?

MOTHER. It was gone by the following morning.

DOCTOR. Did it ever come back?

MOTHER. Not that I know of, no.

DOCTOR. Why didn't you send her to a doctor?

MOTHER. I didn't see the need. She began eating again, and that's . . . (all that seemed important at the time.)

DOCTOR. You thought that's all there was to it? Get

some food down her throat and she's all better?

MOTHER. Of course not. Look, I know what you're thinking. She's an hysteric, pure and simple.

DOCTOR. Not simple, no.

MOTHER. I *saw* it. Clean through the palm of her hand, do you think hysteria did that?

DOCTOR. It's been doing it for centuries — she's not unique, you know. She's just another victim.

MOTHER. Yes, God's victim. *That's* her innocence. She belongs to God.

DOCTOR. And I mean to take her away from Him — that's what you fear, isn't it?

MOTHER. You bet I do.

DOCTOR. Well, I prefer to look upon it as opening her mind.

MOTHER. To the world?

DOCTOR. To herself. So she can begin to heal.

MOTHER. But that's not your job, is it? You're here to diagnose, not to heal.

DOCTOR. That is a matter of opinion.

MOTHER. The judge's . . . (opinion.)

DOCTOR. *Your* opinion. I'm here to help her in whatever way I see fit. That's my duty as a doctor.

MOTHER. But not as an employee of the court. You're to make a decision on her sanity as quickly as possible and not interfere with due process of law. Those are the judge's words, not mine.

DOCTOR. As quickly as *I see fit,* not as possible. I haven't made that decision yet.

MOTHER. But the kindest thing you can do for Agnes is to make that decision and let her go.

DOCTOR. Back to court?

MOTHER. Yes.

DOCTOR. And what then? If I say she's crazy, she goes

to an institution. If I say she's sane, she goes to prison.

MOTHER. *Temporary* insanity, then.

DOCTOR. Oh yes. In all good conscience I can say that a child who sees bleeding women at the age of ten, and eleven years later strangles a baby is *temporarily* insane. No, Sister, this case is a little more complicated than that.

MOTHER. But the longer you take to make a decision, the more difficult it will be for Agnes.

DOCTOR. Why?

MOTHER. Because the world is a very damaging experience for someone who hasn't seen it for twenty-one years.

DOCTOR. And you think the sooner she's in prison the better off she'll be?

MOTHER. I'm hoping that whatever her sentence, the judge will allow her to return to the convent and serve her time in penance there. (*silence*)

DOCTOR. Well, we'll see about that.

MOTHER. You wouldn't allow her to return . . . (to the convent?)

DOCTOR. I wouldn't send her back to the source of her problem, no.

MOTHER. *Your* decision has nothing to do with *where* Agnes will serve . . . (her sentence.)

DOCTOR. My *recommendation* has *everything* to do with *everything*.

MOTHER. Then you'd send her to prison?

DOCTOR. Yes, if I felt she was guilty of a premeditated crime, I would.

MOTHER. Or an asylum?

DOCTOR. If I felt it would help her.

MOTHER. It would *kill* her.

DOCTOR. I doubt that.

MOTHER. I'm fighting for this woman's *life,* not her temporal innocence.

DOCTOR. Were you fighting for her life when you didn't even send her to a medical doctor?

MOTHER. What?

DOCTOR. She had a hole in the palm of her hand! She could have bled to death! And you wouldn't send her to a hospital! That child could have died, all because of some stupid . . . (irrational idea that she was better off at the convent.)

MOTHER. But she didn't die, did she?! (*silence*) If anyone else had seen what I had seen, well, she'd be public property. Newspapers, psychiatrists, ridicule. She doesn't deserve that.

DOCTOR. But she has it now.

MOTHER. Yes. She does.

(*AGNES is heard singing. This continues into the next scene.*)

AGNES. *Credo in unum Deum,*
Patrem omnipotentem,
factorem coeli et terrae
visibilium omnium et invisibilium.
Et in unum Dominum Jesum Christum,
Filium Dei unigenitum.
Et ex Patre natum
ante omnia saecula.
Deum de Deo,
lumen de lumine,
Deum verum de Deo vero.
Genitum, non factum,
consubstantialem Patri:
per quem omnia facta sunt.

Qui propter nos homines,
et descendit de coelis.
Et incarnatus est de Spiritu Sancto
ex Maria Virgine:
Et Homo Factus Est.

ACT ONE

SCENE 6

AGNES' singing continues through the beginning of
the scene.

DOCTOR. Oh, we would get into terrible arguments, my mother and I. Once, when I was twelve or thirteen, I told her that God was a moronic fairy tale—I think I'd spent an entire night putting those words together—and she said, "How dare you talk that way to me," as if *she* were the slandered party. And shortly after Marie died, I became engaged for a very short time to a very romantic Frenchman whom my mother despised, and whom consequently I adored. We screamed ourselves hoarse many a night over that man. (*She laughs.*) And you know, I haven't thought of him in years. I haven't seen him since I left him—no, *pardonnez-moi,* Maurice, since *he* left me. What finally happened was that I . . . well, I . . . I was pregnant and I didn't exactly see myself as a . . . well, as my mother. Maurice *did,* so . . . (*silence*) And then once, in Mama's last years when she was not altogether lucid, I told her in a burst of anger that God was dead, and do you know what she did? She got down on her knees and prayed for His soul. God love her. I wish we atheists had a set of words that meant as much as those three do. Oh, I was never a devout Catholic—my doubts about the faith began when I was six—but when Marie died I walked away from religion as fast as my mind would take me. Mama never forgave me. And I never forgave the Church. But I learned to live with my anger, forget it even . . . until *she* walked into my office, and every time I saw her after that first lovely moment, I became more and more . . . entranced. (*silence*) Marie. Marie.

ACT ONE

SCENE 7

AGNES. Yes, Doctor?

DOCTOR. Agnes, I want you to tell me how you feel about babies.

AGNES. Oh, I don't like them. They frighten me. I'm afraid I'll drop them. They're always growing, you know. I'm afraid they'll grow too fast and wriggle right out of my arms. They have a soft spot on their heads and if you drop them so they land on their heads they become stupid. That's where I was dropped. You see, I don't understand things.

DOCTOR. Like what?

AGNES. Numbers. I don't understand where they're all headed. You could spend your whole life counting and never reach the end.

DOCTOR. I don't understand them either. Do you think I was dropped on my head?

AGNES. Oh, I hope not. It's a terrible thing, one of the great tragedies of life, to be dropped on your head. And there are other things, not just numbers.

DOCTOR. What things?

AGNES. Everything, sometimes. I wake up and I just can't get hold of the world. It won't stand still.

DOCTOR. So what do you do?

AGNES. I talk to God. *He* doesn't frighten me.

DOCTOR. Is that why you're a nun?

AGNES. I suppose so. I couldn't live without Him.

DOCTOR. But don't you think God works through other religions, and other ways of life?

AGNES. I don't know.

DOCTOR. Couldn't I talk to Him?

AGNES. You could try. I don't know if He'd listen to *you*.

DOCTOR. Why not?

AGNES. Because you don't listen to Him.

DOCTOR. Agnes, have you ever thought of leaving the convent? For something else?

AGNES. Oh no. There's nothing else. It makes me happy. Just being here helps me sleep at night.

DOCTOR. You have trouble sleeping?

AGNES. I get headaches. Mummy did too. She'd lie in the dark with a wet cloth over her face and tell me to go away. Oh, but she wasn't stupid. Oh no, she was very smart. She knew everything. She even knew things nobody else knew.

DOCTOR. What things?

AGNES. The future. She knew what was going to happen to me, and that's why she hid me away. I didn't mind that. I didn't like school very much. And I liked being with Mummy. She'd tell me all kinds of things. She told me I would enter the convent, and I did. She even knew about this.

DOCTOR. This?

AGNES. This.

DOCTOR. Me?

AGNES. This.

DOCTOR. How did she know . . . about this?

AGNES. Somebody told her.

DOCTOR. Who?

AGNES. I don't know.

DOCTOR. Agnes.

AGNES. You'll laugh.

DOCTOR. I promise I won't laugh. Who told her?

AGNES. An angel. When she was having one of her headaches. Before I was born.

DOCTOR. Did your mother see angels often?

AGNES. No. Only when she had her headaches. And not even then, sometimes.

DOCTOR. Do you see angels?

AGNES. (*a little too quickly*) No.

DOCTOR. Do you believe that your mother really saw them?

AGNES. No. But I could never tell her that.

DOCTOR. Why not?

AGNES. She'd get angry. She'd punish me.

DOCTOR. How would she punish you?

AGNES. She'd . . . punish me.

DOCTOR. Did you love your mother?

AGNES. Oh, yes. Yes.

DOCTOR. Did you ever want to become a mother yourself?

AGNES. I could never be a mother.

DOCTOR. Why not?

AGNES. I don't think I'm old enough. Besides, I don't want a baby.

DOCTOR. Why not?

AGNES. Because I don't want one.

DOCTOR. But if you did want one, how would you go about getting one?

AGNES. I'd adopt it.

DOCTOR. Where would the adopted baby come from?

AGNES. From an agency.

DOCTOR. Before the agency.

AGNES. From someone who didn't want a baby.

DOCTOR. Like you?

AGNES. No! Not like me.

DOCTOR. But how would that person get the baby if they didn't want it?

AGNES. A mistake.

DOCTOR. How did your mother get you?

AGNES. A mistake! It was a mistake!

DOCTOR. Is that what she said?

AGNES. You're trying to get me to say that she was a bad woman, and that she hated me, and she didn't want me, but that is not true, because she did love me, and she was a good woman, a saint, and she *did* want me. You don't want to hear the nice parts about her — all you're interested in is sickness!

DOCTOR. Agnes, I cannot imagine that you know nothing about sex . . .

AGNES. I can't help it if I'm stupid.

DOCTOR. . . . that you have no idea who the father of your child was . . .

AGNES. They made it up!

DOCTOR. . . . that you have no remembrance of your impregnation . . .

AGNES. It's not my fault!

DOCTOR. . . . and that you don't believe that you carried a child!

AGNES. It was a mistake!

DOCTOR. What, the child?

AGNES. Everything! Nuns don't have children!

DOCTOR. Agnes . . .

AGNES. Don't touch me like that! Don't touch me like

that! (*AGNES lashes out at the doctor, who moves away.*) I know what you want from me! You want to take God away. You should be ashamed! They should lock *you* up. People like you!

ACT ONE

SCENE 8

MOTHER. You hate us, don't you?

DOCTOR. What?

MOTHER. Nuns. You hate nuns.

DOCTOR. I don't . . . (understand what you're talking about.)

MOTHER. Catholicism, then.

DOCTOR. I hate ignorance and stupidity.

MOTHER. And the Catholic Church.

DOCTOR. I haven't said . . . (anything about the Catholic Church.)

MOTHER. This is a human being you're dealing with, not an institution.

DOCTOR. But . . . (the institution has a hell of a lot to do with the human being.)

MOTHER. Catholicism is not on trial here. I want you to treat Agnes *without* any religious prejudices or turn this case over . . . (to another psychiatrist.)

DOCTOR. (*exploding*) How dare you march into my office and tell me how to run my affairs—

MOTHER. It's my affair too.

DOCTOR. (*overlapping*) . . . how dare you think that I'm in a position to be badgered . . .

MOTHER. I'm only requesting that . . . (you be fair.)

DOCTOR. (*overlapping*) . . . or bullied or whatever

you're trying to do. Who the hell do you think you are? You walk in here expecting applause for the way you've treated this child.

MOTHER. She's not a child.

DOCTOR. And she has a right to *know!* That there is a world out there filled with people who don't believe in God and who are not any worse off than you! People who go through their entire lives without bending their knees once—*to anybody!* And people who still fall in love, and make babies, and occasionally are very happy. She has a right to know that. But you, and your order, and your Church, have kept her ignorant . . .

MOTHER. We could hardly do that . . . (even if we wanted to.)

DOCTOR. . . . because ignorance is next to virginity, right? Poverty, chastity, and ignorance, that's what you live by.

MOTHER. I am not a virgin, Doctor. I was married for twenty-three years. Two daughters. I even have grandchildren. Surprised? (*silence*) It might please you to know that I was a failure as a wife and mother. Possibly because I protected my children from *nothing.* Out of the womb and into the "big bad world." They won't see me anymore. That's their revenge. They're both devout atheists. I think they tell their friends I've passed on. Oh don't tell me, Doctor Freud, I'm making up for past mistakes.

DOCTOR. You can help her.

MOTHER. I am.

DOCTOR. No, you're shielding her. *Let* her face the big bad world.

MOTHER. Meaning you.

DOCTOR. Yes, if that's what you think.

MOTHER. What good would it do? No matter what

you decide, it's either the prison or the nuthouse, and the differences between them are pretty thin.

DOCTOR. There's another choice.

MOTHER. What's that?

DOCTOR. Acquittal.

MOTHER. How?

DOCTOR. Innocence. Legal innocence. I'm sure the judge would be happy for *any* reason to throw this case out of court. (*silence*)

MOTHER. What do you want?

DOCTOR. Answers.

MOTHER. Ask.

DOCTOR. When would Sister Agnes have conceived the child?

MOTHER. About a year ago.

DOCTOR. You don't remember anything unusual happening at the convent around that time?

MOTHER. Earthquakes?

DOCTOR. Visitors.

MOTHER. Nothing. She was singing a lot more then, but—oh, dear God.

DOCTOR. What is it?

MOTHER. The sheets.

DOCTOR. What about the sheets?

MOTHER. I should have known, dear God, I should have suspected something.

DOCTOR. What do you mean?

MOTHER. Her sheets. Her sheets had disappeared. One of the sisters complained to me about it. So I called her in. (*AGNES appears.*) Sister Margaret says you've been sleeping on a bare mattress, Sister. Is that true?

AGNES. Yes, Mother.

MOTHER. Why?

AGNES. In medieval days nuns and monks would sleep in their coffins.

MOTHER. We're not in the Middle Ages, Sister.

AGNES. It made them holy.

MOTHER. It made them uncomfortable. If they didn't sleep well, I'm certain the next day they were cranky as mules.

AGNES. Yes, Mother.

MOTHER. Sister, where are your sheets? (*silence*) Do you really believe sleeping on a bare mattress is the equivalent of sleeping in a coffin?

AGNES. No.

MOTHER. Then tell me. Where are your sheets?

AGNES. I burned them.

MOTHER. Why?

AGNES. They were stained.

MOTHER. Sister, how many times have *I* burned into your thick skull and all the other thick skulls of your fellow novices that menstruation is a perfectly natural process and nothing to be ashamed of?

AGNES. Yes, Mother.

MOTHER. Say it.

AGNES. It is a perfectly natural process and nothing to be ashamed of.

MOTHER. Mean it.

AGNES. It is a perfectly . . . (*AGNES begins to cry.*)

MOTHER. A few years ago one of our sisters came to me, in tears, asking for comfort. Comfort because she was too old to have children. Not that she intended to, but once a month she had been reminded of the possibility of Motherhood. So dry your eyes, Sister, and thank God that He has filled you with that possibility.

AGNES. It's not that. It's not that.

MOTHER. What do you mean?

AGNES. It's not my time of the month.

MOTHER. Should you see a doctor?

AGNES. I don't know. I don't know what happened,

Mother. I woke up and there was blood on the sheets, but I don't understand what happened. I don't know what I did wrong. I don't know why I should be punished.

MOTHER. For what?

AGNES. I don't know!

MOTHER. Sister?

AGNES. I don't know! I don't know!

MOTHER. Agnes?

AGNES. I don't know.

MOTHER. Sing something, will you? With me? What's your favorite? "Virgin Mary had one Son . . ."

AGNES. I don't . . .

MOTHER.
"Oh, oh, pretty little baby,
Oh, oh, oh, pretty little baby . . ."

AGNES. I don't know.

MOTHER.
"Glory be to the new-born King."

AGNES. I don't know.

MOTHER.
"Some call Him Jesus,
I think I'll call Him Savior . . ."

MOTHER AND AGNES.
"Oh, oh, I think I'll call Him Savior,
Oh, oh, oh, I think I'll call Him Savior,
Glory be to the new-born King."

AGNES. (*continuing under the next lines*)
"Virgin Mary had one Son,
Oh, oh, pretty little baby,
Oh, oh, oh, pretty little baby,
Glory be to the new-born King."

MOTHER. I sent her to her room. She was calm by then. Said it was nothing. Wouldn't see a doctor. But I should have known.

DOCTOR. Known what?

MOTHER. That was the beginning. That was the night it happened. That is why she burned the sheets.

DOCTOR. What else do you remember about that night?

MOTHER. I'm not certain what night it was.

DOCTOR. Can you find out?

MOTHER. I keep a daybook at the convent.

DOCTOR. And can you check on any unusual activity around that time? You know, earthquakes and visitors?

MOTHER. I'll look in my daybook.

ACT ONE

SCENE 9

DOCTOR. A psychiatrist and a nun died and went to heaven. At the pearly gates, Saint Peter asked them to fill out an application, which they did. Upon looking at their papers, he said, "I see you both were born on the same day in the same year." "Yes," said the doctor. "And that you have the same parents." "Yes," said the nun. "And so you're sisters." The nun smiled knowingly but it was the doctor who answered, "Yes." "And you must be twins," said the saint. "Oh, no," the two of them said, "we're not twins." "Same birthday, same parents, sisters, but not twins?" "Yes," they answered, and smiled. I found this riddle, casually and coincidently, on page 33 of an ancient issue of a defunct magazine. By this time, I was convinced that Agnes was completely innocent. I had begun to believe that someone else had murdered her child. Who that person was, and how I was to prove it, were riddles of my *own* making that I alone could solve. But the only answer I could come up with was upside down on page 117. (*silence*) They were two of a set of triplets. My problem was twofold: I wanted to free Agnes—legally prove her innocence—and I wanted to make her well.

AGNES. I'm not sick!

ACT ONE

SCENE 10

DOCTOR. But you're troubled, aren't you?

AGNES. That's because you keep reminding me. If you go away, then I'll forget.

DOCTOR. And you're unhappy.

AGNES. Everybody's unhappy! You're unhappy, aren't you?

DOCTOR. Agnes.

AGNES. Aren't you?

DOCTOR. Sometimes, yes.

AGNES. Only you think you're lucky because you didn't have a mother who said things to you and did things that maybe weren't always nice, but that's what you think, because you don't know that my mother was a wonderful person, and even if you did know that you wouldn't believe it because you think she was bad, don't you.

DOCTOR. Agnes.

AGNES. Answer me! You never answer me!

DOCTOR. Yes, I do think your mother was wrong, sometimes.

AGNES. But that was because of me! Because *I* was bad, not her!

DOCTOR. What did you do?

AGNES. I'm always bad.

DOCTOR. What do you do?

AGNES. (*in tears*) No!

DOCTOR. What do you do?

AGNES. I breathe!

DOCTOR. What did your mother do to you? (*AGNES shakes her head.*) If you can't tell me, shake your head, yes or no. Did she hit you? (*"No."*) Did she make you do something you didn't want to do? (*"Yes."*) Did it make you uncomfortable to do this? (*"Yes."*) Did it embarrass you? (*"Yes."*) Did it hurt you? (*"Yes."*) What did she make you do?

AGNES. No.

DOCTOR. You can tell me.

AGNES. I can't.

DOCTOR. She's dead, isn't she?

AGNES. Yes.

DOCTOR. She can't hurt you anymore.

AGNES. She can.

DOCTOR. How?

AGNES. She watches, she listens.

DOCTOR. Agnes, I don't believe that. Tell me. I'll protect you from her.

AGNES. She . . .

DOCTOR. Yes?

AGNES. She . . . makes me . . . take off my clothes and then . . .

DOCTOR. Yes?

AGNES. . . . she makes . . . fun of me.

DOCTOR. She tells you you're ugly?

AGNES. Yes.

DOCTOR. And that you're stupid.

AGNES. Yes.

DOCTOR. And you're a mistake.

AGNES. She says . . . my whole body . . . is a mistake.

DOCTOR. Why?

AGNES. Because she says . . . if I don't watch out . . . I'll have a baby.

DOCTOR. How does she know that?

AGNES. Her headaches.

DOCTOR. Oh yes.

AGNES. And then . . . she touches me.

DOCTOR. Where?

AGNES. Down there. (*silence*) With her cigarette. (*silence*) Please, Mummy. Don't touch me like that. I'll be good. I won't be your bad baby anymore. (*Silence. The DOCTOR puts out her cigarette.*)

DOCTOR. Agnes, dear, I want you to do something. I want you to pretend that I'm your mother. I know that your mother's dead, and you're grown up now, but I want you to pretend for a moment that your mother has come back and that I'm your mother. Only this time, I want you to tell me what you're feeling. All right?

AGNES. I'm afraid.

DOCTOR. (*She takes AGNES' face in her hands.*) Please. I want to help you. Let me help you. (*silence*)

AGNES. All right.

DOCTOR. Agnes, you're ugly. What do you say to that?

AGNES. I don't know.

DOCTOR. Of course you do. Agnes, you're ugly. (*silence*) What do you say?

AGNES. No, I'm not.

DOCTOR. Are you pretty?

AGNES. Yes.

DOCTOR. Agnes, you're stupid.

AGNES. No, I'm not.

DOCTOR. Are you intelligent?

AGNES. Yes, I am.

DOCTOR. Agnes, you're a mistake.

AGNES. I'm not a mistake! I'm here, aren't I? How can I be a mistake if I'm really here? God doesn't make mistakes. *You're* a mistake! I wish you were dead! (*silence*)

DOCTOR. It's all right. Just pretend, right? (*AGNES nods.*) Thank you. (*AGNES begins to cry. The DOC- TOR takes her in her arms.*) Agnes, I'd like to ask a favor of you. You can say no, if you don't like what I'm asking.

AGNES. What?

DOCTOR. I'd like permision to hypnotize you.

AGNES. Why?

DOCTOR. Because there are some things that you might be able to tell me under hypnosis that you aren't able to tell me now.

AGNES. Does Mother Miriam know about this?

DOCTOR. Mother Miriam loves you very much just as I love you very much. I'm certain that she wouldn't object . . . (to anything that would help you.)

AGNES. Do you really love me? Or are you just saying that?

DOCTOR. I really love you.

AGNES. As much as Mother Miriam loves me? (*si- lence*)

DOCTOR. As much as God loves you. (*silence*)

AGNES. All right.

DOCTOR. Thank you. (*DOCTOR embraces AGNES. MOTHER enters, and watches them in silence.*)

MOTHER. I brought the daybook.

DOCTOR. Agnes, you can go now. (*AGNES rises, bows before MOTHER for her blessing, exits. Lighting a cigarette.*) What did you find?

MOTHER. What did *you* find?

DOCTOR. Some facts about her mother.

MOTHER. She wasn't exactly the healthiest of women, was she? Of course I can't speak for her *mental* health, but physically . . .

DOCTOR. You knew her?

MOTHER. We corresponded before her death.

DOCTOR. How old was Agnes when her mother died?

MOTHER. Seventeen.

DOCTOR. Why was she sent to you?

MOTHER. Her mother requested . . . (she be sent to us.)

DOCTOR. Why wasn't she sent to next of kin?

MOTHER. She was. Agnes' mother was my younger sister. (*silence*)

DOCTOR. You lied to me.

MOTHER. About what?

DOCTOR. You said you never saw Agnes until she set foot in the convent.

MOTHER. I didn't. I was a good deal older than my sister. In fact, I was already married before she was born. She was the proverbial black sheep. She ran away from home at an early age. We lost touch with her. When my husband died and I entered the convent, she started writing to me again. She told me about Agnes, and asked me to watch over her in case anything happened.

DOCTOR. And Agnes' father?

MOTHER. Could have been any one of a dozen men, from what my sister told me. She was afraid that Agnes would follow in her footsteps. She did everything to prevent that.

DOCTOR. By keeping her home from school.

MOTHER. Yes.

DOCTOR. And listening to angels.

MOTHER. She drank too much. That's what killed her.

DOCTOR. Do you know what she did to Agnes?

MOTHER. I don't think I . . . (care to know.)

DOCTOR. She molested her. (*silence*)

MOTHER. Oh dear Jesus.

DOCTOR. There *is* more here than meets the eye, isn't there? *Lots* of dirty little secrets. Pull back the sheets and what do you find? A niece.

MOTHER. I didn't tell you because I didn't think it was important.

DOCTOR. No, it just makes you doubly responsible, doesn't it? Blood runs thicker, right?

MOTHER. Had I known what Agnes was suffering . . .

DOCTOR. Why didn't you?! My God, you knew she was keeping the child from school. You knew she was an alcoholic.

MOTHER. I knew that *after* . . . (the fact.)

DOCTOR. Why didn't you do anything to stop her?!

MOTHER. I didn't know! And that's no answer, is it? (*silence*)

DOCTOR. What did you find in the daybook?

MOTHER. Agnes was sick the Sunday before she told me about the sheets. If she burned them then, they probably became stained on Saturday night. Unfortunately, on that night one of our elder nuns passed away. I have no recollection of any visitors to the convent. I was needed in the sickroom.

DOCTOR. Was Extreme Unction given on that night?

MOTHER. Yes, of course.

DOCTOR. So Father Marshall would have been present.

MOTHER. Yes, but you can't believe . . . (that Father Marshall could have done it.)

DOCTOR. Somebody has to be responsible for that child. If it wasn't Father Marshall, who else could it be? (*silence*) Well, we'll find out soon enough. I've gotten Agnes' permission to hypnotize her.

MOTHER. And *my* permission?

DOCTOR. I don't think you have anything to say in this matter.

MOTHER. I'm her guardian.

DOCTOR. She's twenty-one years old; she doesn't need a guardian.

MOTHER. But she must come to me first and ask permission.

DOCTOR. Does this mean you'll deny it?

MOTHER. I haven't decided that yet.

DOCTOR. This woman's health is at stake.

MOTHER. Her spiritual health.

DOCTOR. I don't give a good goddamn about what you call . . . (her spiritual health.)

MOTHER. I know you don't.

DOCTOR. Sentence her and be done with it, that's what you're saying. Well, *I* can't . . . (do that yet.)

MOTHER. What I'm saying is that you have a beautifully simple woman . . .

DOCTOR. An unhappy woman.

MOTHER. But she was happy with us. And she could go on being happy if she were left alone.

DOCTOR. Then why did you call the police in the first place? Why didn't you throw the baby in the incinerator and be done with it?

MOTHER. Because I'm a moral person, that's why.

DOCTOR. Bullshit!

MOTHER. Bullshit yourself!

DOCTOR. The Catholic Church doesn't have a corner on morality, Mother.

MOTHER. Who said anything about the Catholic Church?

DOCTOR. You just said . . . (that you . . .)

MOTHER. What the hell does the Catholic Church have to do with you?

DOCTOR. Nothing. Absolutely nothing.

MOTHER. What have we done to hurt you?

DOCTOR. (*beginning to speak*) (Nothing.)

MOTHER. And don't deny it. Oh, I can smell an ex-Catholic a mile away. What did we do? Burn a few heretics? Sell some indulgences? But those were in the days when the Church was a ruling body. We let governments do those things today.

DOCTOR. Just because you don't have the power you once had . . .

MOTHER. Oh, I'm not interested in the Church as power, Doctor. I'm interested in it as simplicity and peace. I know, it's very difficult to find that in *any* institution nowadays. So tell me. What did we do to you? You wanted to neck in the back seat of a car when you were fifteen and you couldn't because it was a sin. So instead of questioning that one little rule—

DOCTOR. It wasn't sex. It was a lot of things, but it wasn't sex. It started in the first grade when my best friend was run over by a cement truck on her way to school. The nun said she died because she hadn't said her morning prayers.

MOTHER. Stupid woman.

DOCTOR. Yeah.

MOTHER. That's all?

DOCTOR. That's all?! That's enough. She was a *beautiful* little girl . . . (and to explain away her death like that . . .)

MOTHER. What has that got to do with it?

DOCTOR. I wasn't! She was the pretty one, and she died. Why not me? I hadn't said my morning prayers either. And I was ugly. Not just plain. Ugly! I was fat,* I had big buck teeth, ears out to here, and freckles all over my face. Sister Mary Cletus used to call me Polka-Dot Livingstone. (*The DOCTOR is laughing in spite of herself.*)

MOTHER. So you left the Church because you had freckles?

DOCTOR. No, because . . . Yeah, I left the Church because I had freckles. And guess what?

MOTHER. What?

DOCTOR. (*smiling*) That's also why I hate nuns.

(*AGNES is heard singing, then humming until indicated.*)

AGNES. *Sanctus, sanctus, sanctus,*
Dominus Deus Sabaoth.
Pleni sunt coeli et terra gloria tua.

Hosanna in excelsis.
Benedictus qui venit in nomine Domini.
Hosanna in excelsis.

DOCTOR. Why is that so important to you, her singing?

MOTHER. When I was a child I used to speak with my guardian angel. Oh, I don't ask you to believe that I heard loud, miraculous voices, but just as some children have invisible playmates, I had angelic conversations. Like Agnes' mother, you might say, but I was a lot younger then, and I am not Agnes' mother. Anyway, when I was six I stopped listening and my angel stopped

*or scrawny

speaking. But just as a sailor remembers the sea, I remembered that voice. I grew, fell in love, married and was widowed, joined the convent, and shortly after I was chosen Mother Superior, I looked at myself one day and saw nothing but a survivor of an unhappy marriage, a mother of two angry daughters, and a nun who was certain of nothing. Not even of Heaven, Doctor Livingstone. Not even of God. And then one evening, while walking in a field beside the convent wall, I heard a voice and looking up I saw one of our new postulants standing in her window, singing. It was Agnes, and she was beautiful; and all of my doubts about God and myself vanished in that one moment. I recognized the voice. (*silence*) Don't take it away from me again, Doctor Livingstone. Those years after six were very bleak.

DOCTOR. My sister died in a convent. And it's *her* voice *I* hear. (*AGNES stops singing. Silence.*) Does my smoking still bother you?

MOTHER. No, it only reminds me.

DOCTOR. Would you like one?

MOTHER. I would love one, but no thank you.

DOCTOR. Once, years ago at the beginning of "the scare," I decided to stop. I had no idea how many cigarettes I smoked then, but I used a book of matches a day. So I came up with the ingenious plan of cutting back on matches. First a half book, then a quarter of a book, then down to three or four a day. And look at what happened. I can't even eat without a cigarette in my hand. I can't go to weddings or funerals, plays, concerts. But some days I can go fourteen hours on a single match. Remarkable, isn't it? Do you think the saints would have smoked, had tobacco been popular?

MOTHER. Undoubtedly. Not the ascetics, of course, but, well, Saint Thomas More . . .

DOCTOR. Parliaments.

MOTHER. Saint Ignatius, I think, would smoke Camels and then stub them out on the soles of his feet. Of course all the Apostles—

DOCTOR. Hand-rolled.

MOTHER. Yes, and even Christ would partake socially.

DOCTOR. Saint Peter, the original Marlboro man.

MOTHER. Mary Magdalene?

DOCTOR. You've come a long way, baby.

MOTHER. Saint Joan would chew Mail Pouch.

DOCTOR. (*taking a toke*) And what, do you suppose, are today's saints smoking?

MOTHER. There are no saints today. Good people, yes. But extraordinarily good people? I'm afraid those we are sorely lacking.

DOCTOR. Do you believe they ever existed, these extraordinarily good people?

MOTHER. Yes, I do.

DOCTOR. Would you like to become one?

MOTHER. To become? One is born a saint. Only no one is born a saint today. We've evolved too far. We're too complicated.

DOCTOR. But you can try, can't you? To be good?

MOTHER. Oh yes, but goodness has very little to do with it. Not all the saints were good. In fact, most of them were a little crazy. But their hearts were with God, left in His hands at birth. "Trailing clouds of glory." No more. We're born, we live, we die. Occasionally one might appear among us, still attached to God. But we cut that cord very quickly. No freaks here. We're all solid, sensible men and women, feet on the ground, money in the bank, innocence trampled underfoot. Our minds dissected, our bodies cut open, "No soul here; must have been a delusion." We look at the sky, "No

God up there, no heaven, no hell." Well, we're better off. Less disease, for one thing. No *room* for miracles. But oh my dear, how I miss the miracles.

DOCTOR. Do you really believe miracles happened?

MOTHER. Of course I do. I believe in the miracle of the loaves and fishes two thousand years ago as strongly as I would doubt it today. What we've gained in logic we've lost in faith. We no longer have any sort of . . . primitive wonder. The closest we come to a miracle today is in bed. And we give up everything for it. Including those bits of light that might still, by the smallest chance, be clinging to our souls, reaching back to God.

DOCTOR. The saints had lovers.

MOTHER. Oh yes, the saints had lovers, but then the cord was a rope. Now it's a thread.

DOCTOR. Do you believe Agnes is still attached to God?

MOTHER. Listen to her singing.

DOCTOR. Time to begin.

MOTHER. Begin what?

DOCTOR. The hypnotism. You still disapprove?

MOTHER. Will it stop you if I do?

DOCTOR. No.

MOTHER. May I be present?

DOCTOR. Yes. Of course.

MOTHER. Then let's begin.

(*Blackout*)
INTERMISSION

ACT TWO

SCENE 1

AGNES. (*singing*) *Basiez moy, ma doulce amye,*
Par amour je vous en prie
Non feray. Et pour quoy?
Se je faisoie la folie,
Ma mêre en seroit morrie.
Velâ de quoy, velâ de quoy.

DOCTOR. The hypnosis took weeks to achieve, not minutes. An hour a day, spaced in between a kleptomaniac and an exhibitionist. Between lunch and dinner. Between Phil Donahue and Dan Rather. Between sleepless nights. Endless weekends. But *my* memories, oh, *they* come *too* easily. Sometimes they won't even let me finish a sentence. They come galloping out, midthought. I know if only I could finish the thought, they would . . . (go away.)

ACT TWO

SCENE 2

AGNES. I'm frightened!

DOCTOR. Don't be. I cannot make you say or do anything you do not wish to say or do. Sit back and relax. Fine. Now imagine that you are listening to a chorus of angels. Their music is so beautiful and so real that you can touch it. It surrounds you like a very warm and comfortable pool of water. The water is so warm you hardly know that it's there. All of the muscles in your body are melting into the pool. The water is just under your chin. But you must remember that this water is music, and if you are submersed in it you can still breathe freely and deeply. Now the water covers your chin. Your mouth, your nose, and your eyes. Close your eyes, Agnes. Thank you. When I count to three, you will wake up. Can you hear me?

AGNES. Yes.

DOCTOR. Who am I?

AGNES. Doctor Livingstone.

DOCTOR. And why am I here?

AGNES. To help me.

DOCTOR. Good. Would you like to tell me why you're here?

AGNES. Because I'm in trouble.

DOCTOR. What kind of trouble? (*silence*) What kind of trouble, Agnes?

AGNES. I'm frightened.

DOCTOR. Of what?

AGNES. Of telling you.

DOCTOR. But it's easy. It's only a breath with sound. Say it. What kind of trouble, Agnes?

(*AGNES struggles, then says:*)

AGNES. I had a baby. (*silence*)

DOCTOR. How did you have a baby?

AGNES. It came out of me.

DOCTOR. Did you know it was going to come out?

AGNES. Yes.

DOCTOR. Did you want it to come out?

AGNES. No.

DOCTOR. Why?

AGNES. Because I was afraid.
DOCTOR. Why were you afraid?
AGNES. Because I wasn't worthy.
DOCTOR. To be a mother?
AGNES. Yes.
DOCTOR. Why?

(*AGNES begins to cry softly.*)

AGNES. May I open my eyes now?
DOCTOR. Not yet. Very soon, but not yet. Do you know how the baby got into you?
AGNES. It grew.
DOCTOR. What made it grow? Do you know?
AGNES. Yes.
DOCTOR. Would you like to tell me?
AGNES. No.
DOCTOR. Did you know from the beginning that you were going to have a baby?
AGNES. Yes.
DOCTOR. How did you know?
AGNES. I just knew.
DOCTOR. What did you do about it?
AGNES. I drank lots of milk.
DOCTOR. Why?
AGNES. Because that's good for babies.
DOCTOR. You wanted the baby to be healthy?
AGNES. Yes.
DOCTOR. Then why didn't you go to a doctor?
AGNES. Nobody would believe me.
DOCTOR. That you were having a baby?
AGNES. No, not that.
DOCTOR. What wouldn't they believe? (*silence*) Agnes, did anyone else know about the baby?

AGNES. Yes.

DOCTOR. Who?

AGNES. I don't want to tell you.

DOCTOR. Did you tell this other person or did this other person guess?

AGNES. She guessed.

DOCTOR. One of your fellow sisters.

AGNES. Yes.

DOCTOR. Will she be angry if you tell me her name?

AGNES. She made me promise not to.

DOCTOR. All right, Agnes, I'm going to ask you to open your eyes in a moment. When you do, you will see your room at the convent. It is the night about four months ago when you were very sick. Around six o'clock in the evening.

AGNES. I'm afraid.

DOCTOR. Don't be. I'm here. All right?

AGNES. Yes.

DOCTOR. Now tell me what you did this evening before you went to bed.

AGNES. I ate.

DOCTOR. What did you have for dinner?

AGNES. Fish. Brussels sprouts.

DOCTOR. You don't like brussels sprouts?

AGNES. I hate them.

DOCTOR. What else?

AGNES. A little coffee. Some sherbet for dessert. That was special.

DOCTOR. And then what?

AGNES. We got up, cleared the table, and went to chapel for vespers.

DOCTOR. Yes?

AGNES. I left early because I wasn't feeling very well.

DOCTOR. What was wrong?

AGNES. Just tired. I had my milk . . . (and went to bed.)

DOCTOR. Who gave you your milk?

AGNES. Sister Margaret, I think.

DOCTOR. Was it Sister Margaret who knew about the baby? (*silence*) All right, Agnes, let's go to your room. Ready?

AGNES. Yes.

DOCTOR. I want you to open your eyes, and to see your room as you saw it on that night. What do you see?

AGNES. My bed.

DOCTOR. What else is in the room?

AGNES. A chair.

DOCTOR. Where is that?

AGNES. Here.

DOCTOR. Anything else?

AGNES. A crucifix.

DOCTOR. Above the bed?

AGNES. Yes.

DOCTOR. Anything else? (*silence*) Agnes? What do you see? Something different?

AGNES. Yes.

DOCTOR. Something that's not normally in the room?

AGNES. Yes.

DOCTOR. What is that?

AGNES. A wastepaper basket. (*silence*)

DOCTOR. Do you know who put it there?

AGNES. No.

DOCTOR. Why do you think it's there?

AGNES. For me to get sick in.

DOCTOR. Are you ill?

AGNES. Yes.

DOCTOR. What do you feel?

AGNES. A pain in my stomach. I feel as if I've eaten glass. (*She holds her stomach in a contraction.*)

DOCTOR. What do you do?

AGNES. I have to throw up. (*She tries.*) I can't. (*contraction*) It's glass! One of the sisters has fed me glass!

DOCTOR. Which one?

AGNES. I don't know which one. They're all jealous, that's why.

DOCTOR. Of what?

AGNES. Of me! (*contraction*) Oh God. Oh my God. Water. It's all water!

DOCTOR. Why doesn't anyone come?

AGNES. They can't hear me.

DOCTOR. Why not?

AGNES. They're all in vespers.

DOCTOR. Can you get them?

AGNES. I can't. It's clear on the other side of the building. (*contraction*) Oh no, please. Please. I don't want this to happen. I don't want it.

DOCTOR. Where are you?

AGNES. On the bed. (*contraction*) Oh God. Oh my God. (*sharp intake of breath*)

DOCTOR. What is it?

AGNES. Get away from me.

DOCTOR. Who?

AGNES. Go away! I don't want you here!

DOCTOR. Is someone in the room with you? Agnes?

AGNES. Don't touch me! Don't touch me! Please! Please don't touch me! (*contraction*) No, I don't want to have the baby now. I don't want it! Why are you making me do this? (*Contraction. She begins to scream.*)

DOCTOR. It's all right, Agnes. No one's going to hurt you.

AGNES. You want to hurt my baby! You want to take my baby! (*contraction*)

MOTHER. Stop her, she'll hurt herself!

DOCTOR. No, let her go . . . (for a moment.)
MOTHER. (*rushing to AGNES*) I'm not going on with this . . . (anymore.)
DOCTOR. No!

(*As MOTHER touches her, AGNES screams, striking MOTHER and pushing her away.*)

AGNES. You're trying to take my baby! You're trying to take my baby! (*scream and contraction*) Stay in! Please stay in! (*several violent and final contractions*)
MOTHER. Stop her! Help her!
AGNES. BITCH! It's not my fault, Mummy. WHORE! It's a mistake, Mummy. LIAR!
DOCTOR. Agnes, it's all right. One, two, three. It's all right. (*AGNES relaxes.*) It's me. Doctor Livingstone. It's all right. Thank you. Thank you. How do you feel?
AGNES. Frightened.
DOCTOR. It's hard enough to go through it once, isn't it?
AGNES. Yes.
DOCTOR. Do you remember what just happened?
AGNES. Yes.
DOCTOR. Good. Do you think you're well enough to stand?
AGNES. Yes. (*She does.*)
DOCTOR. There.

(*AGNES embraces the DOCTOR. As she leaves, she begins to sing.*)

AGNES. *Ave Maria,*
Gratia plena,
Dominus tecum.

Benedicta tu in mulieribus,
Et benedictus fructus ventris tui, Jesu.

MOTHER. You've formed your opinion about her, haven't you?

DOCTOR. She's a very disturbed young woman, but . . . (I don't feel that's all there is to it.)

MOTHER. Your job is done.

DOCTOR. As far as the court is concerned, yes, but personally —

MOTHER. Personally?! I don't think you were asked to become personally involved.

DOCTOR. But I am.

MOTHER. And I'm asking you to get the hell out! If we want to hire a psychiatrist for Agnes, we'll find our own, thank you.

DOCTOR. One who'll ask her the questions you want asked.

MOTHER. One who will approach this matter with some objectivity and respect!

DOCTOR. For you?!

MOTHER. For Agnes.

DOCTOR. You still believe that my interference will destroy some sort of . . . (special aura about her?)

MOTHER. She's a remarkable person, Doctor.

DOCTOR. That doesn't make her a saint.

MOTHER. I never said she was.

DOCTOR. But that's what you believe, isn't it?

MOTHER. That she's been touched by God, yes.

DOCTOR. Prove that to me! She sings — is that unique? She hallucinates, stops eating, and bleeds spontaneously. Is that supposed to convince me that she shouldn't be touched? I want a miracle! Nothing less. *Then* I'll leave her be. (*silence*)

MOTHER. The father.

DOCTOR. Who is he?

MOTHER. Why must he be anybody?

DOCTOR. (*laughing*) You're as crazy as the rest of your family.

MOTHER. I don't know if it's true, I . . . (only think it might be possible.)

DOCTOR. How?

MOTHER. I don't . . . (know.)

DOCTOR. Do you think a big white dove came flying through her window?

MOTHER. No, I can't believe that.

DOCTOR. That would be a little scary, wouldn't it? Second Coming Stopped by Hysterical Nun.

MOTHER. This is *not* the Second Coming, Doctor Livingstone. Don't misunderstand me.

DOCTOR. But you just said . . . (there isn't any father.)

MOTHER. If this is true—and I mean *if*—it's nothing more than a slightly miraculous *scientific* event.

DOCTOR. Nothing more? Oh come on, Mother, you don't expect me to believe garbage . . . (like that.)

MOTHER. You can believe what you like. I only told you because . . . (you asked for a miracle.)

DOCTOR. If this is some miracle of science, there must be a reasonable explanation.

MOTHER. But a miracle is an event *without* an explanation. That's why people like you fail to believe, because you demand an explanation, and when you don't get one you create one.

DOCTOR. What the hell are you talking about?

MOTHER. Unanswered questions. Tiny discrepancies in what people like you say is the way of the world.

DOCTOR. This is insane.

MOTHER. The mind is a remarkable thing, Doctor Livingstone. You know that as well as I do. People bend spoons, stop watches. Zen archers split arrows down the center, one after another. We haven't *begun* to explore the mind's possibilities. If she's capable of putting a hole in her hand without benefit of a nail, why couldn't she split a tiny cell in her womb?

DOCTOR. Hysterical parthenogenesis, is that what you mean?

MOTHER. Partheno what?

DOCTOR. The female's ability in lower life forms to reproduce alone.

MOTHER. I don't pretend to . . . (understand it biologically.)

DOCTOR. If frogs can do it, why not Agnes.

MOTHER. Two thousand years ago, some people believe, a man was born without a father. Now no intelligent person today accepts that without question. We want answers, yes, that's the nature of science, but look at the answers we provide. An angel came to the woman in a shaft of light, hysterical parthenogenesis. If those are the answers, the answers are crazy. If those are the answers, no wonder people like you don't believe in miracles.

DOCTOR. The virgin birth was a lie told to a cuckolded husband by a frightened wife.

MOTHER. Oh, *that's* a plausible explanation. That's what you're looking for, right? Plausibility! But I believe that it is also the nature of science to wonder, and we can only wonder if we are willing to question *without* finding all the answers.

DOCTOR. But we *can* find them.

MOTHER. You can *look* for them. There's a difference. There was *no* man at the convent on that night, and there was *no* way for any man to get in or out.

DOCTOR. So you're saying God did it.

MOTHER. No! That's as much as saying Father Marshall did it. I'm saying God permitted it.

DOCTOR. But how did it happen?

MOTHER. You'll never find the answer to everything, Doctor. One and one is two, yes, but that leads to four and then to eight and soon to infinity. The wonder of science is not in the answers it provides but in the questions it uncovers. For every miracle it finally explains, ten thousand more miracles come into being.

DOCTOR. I thought you didn't believe in miracles today?

MOTHER. But I *want* to believe. I want the *opportunity* to believe. I want the *choice* to believe.

DOCTOR. What you are choosing to believe is a lie. Because you don't want to face the fact that she was raped, or seduced, or that *she* did the seducing.

MOTHER. She is an innocent.

DOCTOR. But she's not an enigma. Everything that Agnes has done is explainable by modern psychiatry. She's an hysteric. She was molested as a child. She had no father, an alcoholic mother. She was locked in a house until she was seventeen and in a convent until she was twenty-one. One-two-three, right down the line.

MOTHER. Is that what you believe, that she's the sum of her psychological parts?

DOCTOR. That's what I *have* to believe.

MOTHER. Then why are you so obsessed with her? (*silence*) You're losing sleep, thinking of her all the time, bent on saving her. Why? That's a question, no answer needed. I'm not accusing, I'm recognizing. The symptoms are very familiar. *I* know. I'm an expert on the disease. We're in this together, you and I. (*silence*)

DOCTOR. So you believe that God permitted her . . .

MOTHER. Possibly.

DOCTOR. Possibly permitted her to have a child . . .

MOTHER. Not divine.

DOCTOR. Not divine, just a child, without benefit of man.

MOTHER. That's what I would like to believe, yes.

DOCTOR. Without proof?

MOTHER. Definitely without proof. There's no infallible proof for virginity. Only an absence of proof against it.

DOCTOR. Then how do you explain the bloody sheets on the night of the conception?

MOTHER. I can't.

DOCTOR. And why did the baby die?

MOTHER. I don't . . . (know.)

DOCTOR. Do you think God made a mistake and tried to correct it?

MOTHER. Don't be . . . (absurd.)

DOCTOR. Or is this all a hoax, a cover-up, to lead me down the garden path?

MOTHER. Why would I want to do that?

DOCTOR. Because this is murder we're talking about.

MOTHER. Murder?

DOCTOR. You believe Agnes is innocent. Well, I believe she's innocent too — of this crime. Like you, I have no proof. But I'm looking, and if it's there, I'll find it.

MOTHER. Don't try to turn this into some kind of murder mystery, Doctor.

DOCTOR. Aren't you concerned about what she just told us? About that other person in the room?

MOTHER. I'm concerned about her . . . (health and her safety.)

DOCTOR. Who *was* that other person, Mother? Was it you?!

MOTHER. If you persist in believing that this is a case

of murder, then it is the district attorney you must consult, not me. And definitely not Agnes. (*MOTHER turns to leave.*)

DOCTOR. Where are you going?

MOTHER. To the court. To have you taken off this case.

DOCTOR. Why? Am I getting too close . . . (to the truth?)

MOTHER. Doctor, I pray that—

DOCTOR. Agnes is innocent, isn't she?

MOTHER. (*overlapping*)—someday you may understand my position.

DOCTOR. *Isn't she?*

MOTHER. Good-bye, Doctor. Oh, and as for that miracle you wanted, it *has* happened. It's a very small one, but you'll notice it soon enough. (*MOTHER leaves. AGNES enters.*)

AGNES. You were fighting.

DOCTOR. (*quickly and secretly*) Agnes, listen. You must help me. Has Mother Miriam ever threatened you in any way?

AGNES. No.

DOCTOR. Or frightened you?

AGNES. Why are you asking that?

DOCTOR. Because I believe she . . . (may have something to do with—)

MOTHER. (*offstage*) Sister Agnes!

AGNES. Coming, Mother!

DOCTOR. Agnes, who . . . (was in the room with you?)

AGNES. I won't see you again, will I?

DOCTOR. Yes, you will. I promise. Agnes, who was in the room with you? (*silence*) Do you know?

AGNES. Yes.

DOCTOR. Who was it? For the love of God, tell me.

AGNES. It was my mother.
MOTHER. (*offstage*) Agnes!
AGNES. Good-bye. (*AGNES leaves.*)

ACT TWO

SCENE 3

DOCTOR. I dreamt that night that I was a midwife in a small private hospital in a faraway land. I was dressed in white and the room I was in was white, and a window was open and I could see mountains of snow all around. Below me on a table lay a woman prepared for a cesarean. She began to scream and I knew I had to cut the baby out as quickly as possible. I slipped a knife into her belly, then reached to my wrists inside. Suddenly I felt a tiny hand grab hold of my finger and begin to pull, and the woman's hands pressed down on my head, and the little creature inside drew me in, to the elbows, to the shoulders, to the chin, but when I opened my mouth to scream — I woke up, to find my sheets spotted. With blood. *My* blood. My rather sporadic menstrual cycle had ceased altogether some three years before, but on that night it began again. (*silence*) What would I have done with a child? Nothing. Nothing. (*silence*) The next day I asked for and received an order from the court allowing Agnes to return to my care. You see, I was so sure I was right. As a doctor, perhaps, I should have known better, but as a person — (*She begins to beat her chest with her fist.*) I am not made of granite. I am made of flesh and blood . . . and heart . . . and soul. . . . (*She continues viciously to beat her chest in silence for a few moments, then stops.*) This is it. The unfinished thought. The last reel. No alternate in sight.

ACT TWO

SCENE 4

MOTHER. Well, you've won, haven't you?

DOCTOR. Not at all, not yet.

MOTHER. You've decided to take . . . (her apart.)

DOCTOR. I've decided to hypnotize her again.

MOTHER. Hasn't she had enough?

DOCTOR. And I want to ask you a few questions that I wasn't able to ask you before . . .

MOTHER. I'm all ears.

DOCTOR. . . . because you very cleverly steered away from them.

MOTHER. My God, but you're vindictive.

DOCTOR. You're hiding something from me and I want to know the truth.

MOTHER. Then ask.

DOCTOR. Did Agnes ever say anything to you about not feeling well, while she was carrying the child?

MOTHER. Yes, she did.

DOCTOR. Then why didn't you send her to a doctor?

MOTHER. She wouldn't go.

DOCTOR. Wouldn't she?

MOTHER. No, she was afraid.

DOCTOR. Of what? That he might find something out? Is that what she told you? Or did you guess that?

MOTHER. If you're going to continue to persecute me . . . (I'll stop this conversation immediately.)

DOCTOR. I'm not persecuting you; I'm asking you a question.

MOTHER. I'm a nun, and you hate . . . (nuns.)

DOCTOR. Did you know that she was pregnant?!

(*Silence. MOTHER desperately tries to fight back and hide her tears. Then she speaks.*)

MOTHER. Yes.

DOCTOR. And you didn't send her to a doctor?

MOTHER. It was too late.

DOCTOR. What do you mean?

MOTHER. I didn't guess it until — (*Silence. MOTHER fights for control.*)

DOCTOR. Until when? Don't waste those tears on me, Mother. Until when?

MOTHER. Until it was too late.

DOCTOR. For what? An abortion?

MOTHER. Don't be absurd.

DOCTOR. Too late for what?!

MOTHER. I don't know, too late to stop it!

DOCTOR. The baby?

MOTHER. The scandal! It was too late to stop it but I had to try. I had to keep it quiet. I made her promise not to tell anyone. I had to have time to think.

DOCTOR. And you didn't get it, did you?

MOTHER. No! That night when she was ill, I knew . . .

DOCTOR. That time had run out?

MOTHER. Yes.

DOCTOR. So you went to her room to help her with the birth.

MOTHER. She didn't want help.

DOCTOR. But *you* wanted the child out of the way as quickly as possible.

MOTHER. That's a lie.

DOCTOR. You hid the wastepaper basket in the room.

MOTHER. I didn't hide it! I put it there for the blood and the dirty sheets . . .

DOCTOR. And the baby.

MOTHER. No!

DOCTOR. You tied the cord around its neck . . .

MOTHER. I simply wanted her to have it when no one was around. I would have taken the baby to a hospital and left it with them. But there was so much blood, I panicked.

DOCTOR. Before or after you killed the child?

MOTHER. I left it with her! I went for help!

DOCTOR. I doubt that's what she'll say.

MOTHER. Then she's a goddamn liar! (*MOTHER covers her face with her hands. AGNES is heard singing.*)

AGNES. *Agnus Dei,*
qui tollis peccata mundi,
miserere nobis.
Agnus Dei,
qui tollis peccata mundi,
miserere nobis.
Agnus Dei,
qui tollis peccata mundi,
dona nobis pacem.

MOTHER. All right. Let's finish this once and for all. (*MOTHER exits. She gently takes AGNES' face between her hands. Alone, the DOCTOR begins to cross herself, but stops. AGNES enters, followed by MOTHER.*)

DOCTOR. Hello, Agnes.

AGNES. Hello.

DOCTOR. I have some more questions I'd like to ask you. Is that all right?

AGNES. Yes.

DOCTOR. And I would like to hypnotize you again. Is that all right too?

AGNES. Yes.

DOCTOR. Good. Sit down. Relax. You're going to enter the pool of water again. Only this time, I want you to imagine that there are holes in your body, and the warm water is flowing into those holes, behind your eyes, warm, so warm, so clean, like prayer, your eyes are so heavy, so . . . sleepy. Close your eyes. When I count to three, you'll wake up. Agnes, can you hear me?

AGNES. Yes.

DOCTOR. Who am I?

AGNES. Doctor Livingstone.

DOCTOR. And who is with me?

AGNES. Mother Miriam Ruth.

DOCTOR. Fine. Now Agnes, I'm going to ask you a few questions, and I'd like you to keep your eyes closed. All right?

AGNES. Yes.

DOCTOR. I would like you to remember, if you can, one night about a year ago, a Saturday night, when one of the sisters in the convent died.

MOTHER. Sister Paul.

DOCTOR. The night when Sister Paul died. Do you remember?

AGNES. Yes.

DOCTOR. What's the matter?

AGNES. I liked Sister Paul.

DOCTOR. Agnes, what happened that night?

AGNES. She sent me to bed early.

DOCTOR. Who did?

AGNES. Mother.

DOCTOR. Did you go to bed?

AGNES. Yes.

DOCTOR. Imagine that you are in your room, Agnes. Tell us what happened.

AGNES. I woke up.

DOCTOR. What time is it?

AGNES. I don't know. It's still dark.

DOCTOR. Do you see anything?

AGNES. Not at first. But . . .

DOCTOR. What?

AGNES. Someone is in the room.

DOCTOR. Are you frightened?

AGNES. Yes.

DOCTOR. What do you do? (*silence*) Agnes?

AGNES. Who is it? (*silence*) Who's there? (*silence*) Is it you? (*silence*) But I *am* afraid. (*silence*) Yes. (*silence*) Yes I do. (*silence*) Why me? (*silence*) Wait. I want to see you! (*She gasps and opens her eyes.*)

DOCTOR. What do you see?

AGNES. A flower. Waxy and white. A drop of blood, sinking into the petal, flowing through the veins. A tiny halo. Millions of halos, dividing and dividing, feathers are stars, falling, falling into the iris of God's eye. Oh my God, he sees me. Oh, it's so lovely, so blue, yellow, green leaves brown blood, no, red, His Blood, my God, my God, I'm bleeding, I'M BLEEDING! (*She is bleeding from the palms of her hands.*)

MOTHER. Oh my God.

AGNES. I have to wash this off, it's on my hands, my legs, my God, it's on the sheets, help me clean the sheets, help me, help me, it won't come out, the blood won't come out!

MOTHER. (*grabbing her*) Agnes . . .

AGNES. Let go of me!

MOTHER. Agnes, please . . .

AGNES. You wanted this to happen, didn't you?! You prayed for this to happen, didn't you?!

MOTHER. No, I didn't.

AGNES. Get away from me! I don't want you anymore! I wish you were dead!

DOCTOR. Agnes . . .

AGNES. I wish you were all dead!

DOCTOR. . . . we had nothing to do with that man in your room.

AGNES. Let me alone!

DOCTOR. Do you understand? He did a very bad thing to you.

AGNES. Don't touch me!

DOCTOR. He frightened you, and he hurt you.

AGNES. Don't!

DOCTOR. It's not your fault . . .

AGNES. Mummy!

DOCTOR. . . . it's his fault.

AGNES. Mummy's fault!

DOCTOR. Tell us who he is so we can find him . . .

AGNES. (*to MOTHER*) Your fault!

DOCTOR. . . . and stop him from doing this to other women.

AGNES. (*to MOTHER*) It's all your fault!

DOCTOR. Agnes, who did you see in the room?!

AGNES. I hate him.

DOCTOR. Of course you do. Who was he?

AGNES. I hate him for what he did to me.

DOCTOR. Yes.

AGNES. For what he made me go through.

DOCTOR. Who?

AGNES. I hate him!

DOCTOR. Who did this to you?

AGNES. God! God did it to me! It was God! And now I'll burn in hell because I hate Him!

DOCTOR. Agnes, you won't burn in hell. It's all right to hate him.

MOTHER. That's enough for today, wake her up.

DOCTOR. Not yet.

MOTHER. She's tired and she's not well, and *I'm* taking her home.

DOCTOR. She doesn't belong to you anymore.

MOTHER. She belongs to God.

DOCTOR. She belongs to *me,* and she's staying here!

MOTHER. You can't . . . (keep her here.)

DOCTOR. Agnes, what happened to the baby?

MOTHER. She can't remember!

DOCTOR. Yes she can! Agnes . . .

MOTHER. She doesn't remember!

DOCTOR. (*grabbing AGNES*) . . . what happened to the baby?!

AGNES. They threw it away.

DOCTOR. No, after the birth.

AGNES. It was dead.

MOTHER. Don't do this to her!

DOCTOR. It was alive, wasn't it?

AGNES. I don't remember.

MOTHER. Please!

DOCTOR. It was alive, wasn't it?

MOTHER. Don't do this to *me!*

DOCTOR. *Wasn't it?*

AGNES. YES!!! (*silence*)

DOCTOR. What happened?

AGNES. I don't want to remember.

DOCTOR. But you do, don't you?

AGNES. Yes.

DOCTOR. Mother Miriam was with you, wasn't she?

AGNES. Yes.

DOCTOR. She took the baby in her arms . . .

AGNES. Yes.

DOCTOR. You saw it all, didn't you?

AGNES. Yes.

DOCTOR. And then . . . what did she do? (*silence*) Agnes, what did she do?

AGNES. (*simply and quietly*) She left me alone with that little . . . thing. I looked at it and thought, this is a mistake. But it's my mistake, not Mummy's. God's mistake. I thought, I can save her. I can give her back to God. (*silence*)

DOCTOR. What did you do?

AGNES. I put her to sleep.

DOCTOR. How?

AGNES. I tied the cord around her neck, wrapped her in the bloody sheets, and stuffed her in the trash can.

MOTHER. No. (*MOTHER turns away. Silence.*)

DOCTOR. One. Two. Three. (*AGNES slowly rises and walks away, humming "Charlie's Neat" softly to herself.*) Mother? (*silence*) Mother, please . . .

(*MOTHER turns to face the doctor.*)

MOTHER. You were right. She remembered. And all this time I thought she was some unconscious innocent. Thank you, Doctor Livingstone. We need people like you to destroy all those lies that ignorant folk like myself pretend to believe.

DOCTOR. Mother . . .

MOTHER. But I'll never forgive you for what you've taken away. (*silence*) You should have died. Not your sister. You.

AGNES. (*speaking to an unseen friend*) Why are you crying? (*The DOCTOR and the MOTHER turn to her. Silence.*) But *I* believe. I *do*. (*silence*) Please, don't you leave me too. Oh no. Oh my God, O sweet Lady, don't leave me. Please, please don't leave me. I'll be good. I won't be your bad baby anymore. (*She sees someone else.*) No, Mummy. I don't want to go with you. Stop pulling me. Your hands are hot. Don't touch me like that! Oh my God, Mummy, don't burn me! DON'T BURN ME! (*Silence. She turns to MOTHER and the*

DOCTOR and stretches out her hands like a statue of the Lady, showing her bleeding palms. She smiles, and speaks simply and sanely.) I stood in the window of my room every night for a week. And one night I heard the most beautiful voice imaginable. It came from the middle of the wheat field beyond my room, and when I looked I saw the moon shining down on Him. For six nights He sang to me. Songs I'd never heard. And on the seventh night He came to my room and opened His wings and lay on top of me. And all the while He sang. (*Smiling and crying, she sings.*)

"Charlie's neat and Charlie's sweet,
And Charlie he's a dandy,
Every time he goes to town,
He gets his girl some candy.
Over the river and through the trees,
Over the river to Charlie's,
Over the river and through the trees,
To bake a cake for Charlie.
(*MOTHER begins to take AGNES off.*)
"Charlie's neat and Charlie's sweet,
And Charlie he's a dandy,
Every time he goes to town,
He gets his girl some candy.
Oh, he gets his girl some candy."

ACT TWO

Scene 5

DOCTOR. (*singing*) "Yes, he gets his girl some candy."
I don't know the truth behind that song. Yes, perhaps it was a song of seduction, and the father was . . . a field

hand. Or perhaps the song was simply a remembered lullaby sung many years before. And the father was . . . hope, and love, and desire, and a belief in miracles. (*silence*) I never saw them again. The following day I removed myself from the case. Mother Miriam threw Agnes on the mercy of the court, and she was sent to a hospital . . . where she stopped singing . . . and eating . . . and where she died. Why? Why was a child molested, and a baby killed, and a mind destroyed? Was it to the simple end that not two hours ago this doubting, menstruating, non-smoking psychiatrist made her confession? What kind of God can permit such a wonder one as her to come trampling through this well-ordered existence?! I want a reason! I *want* to believe that she was . . . blessed! And I *do* miss her. And I hope that she has left something, some little part of herself, with *me*. That would be miracle enough. (*silence*) Wouldn't it?

지은이 **존 필미어**(John Pielmeier)

극작가이자 시나리오 작가로 1949년 2월 23일 미국 펜실베니아 알투나에의 가톨릭가정에서 태어났다. 배우로서 연극을 시작했고 1976년에 첫 희곡 〈A Chosen Room〉을 발표했다. 3년 후 발표한 〈신의 아그네스〉는 1982년 뉴욕 브로드웨이 뮤직박스 시어터(the Music Box Theater)에서 599회 공연을 하며 작가의 대표작으로 자리 매김한다. 그 성공에 힘입어 1985년에 동명의 영화로도 제작됐다. 이후에도 연극무대와 텔레비전, 영화를 오가며 작가로 활발히 활동 중이다.

옮긴이 **홍서희**

뉴욕대학교 티시예술대학(New York University Tisch School of the Arts) 드라마 학과(Undergraduate Drama Department)에서 무대와 무대의상 디자인을 전공했다. 현재 연극대본과 각종 영화제와 연극제 출품작들을 번역을 하고 있다. 〈신의 아그네스〉, 〈뻐꾸기 둥지 위로 날아간 새〉, 〈아트〉 등을 번역했다.

지은이 | 옮긴이
†

한영판 희곡

신의 아그네스

ⓒ 홍서희

옮긴이 **홍서희** ┃ 펴낸이 **김종수** ┃ 펴낸곳 **한울엠플러스(주)**
초판 1쇄 인쇄 **2020년 10월 30일** ┃ 초판 1쇄 발행 **2020년 11월 5일**

주소 **10881 경기도 파주시 광인사길 153 한울시소빌딩 3층**
전화 **031-955-0655** ┃ 팩스 **031-955-0656**
홈페이지 **www.hanulmplus.kr** ┃ 등록번호 **제406-2015-000143호**

Printed in Korea.
ISBN 978-89-460-6975-6 03840
* 책값은 겉표지에 표시되어 있습니다.

이 책에는 KoPub돋움체, KoPub바탕체, 배달의민족 도현, 빛고을광주, 산돌고딕, 산돌명조 글꼴이 사용되었습니다.